PENGUIN PA

FRENCH SHORT S

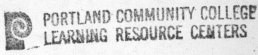

# FRENCH SHORT STORIES
## VOLUME 2
## NOUVELLES FRANÇAISES
### TOME 2

*Edited by Simon Lee*

PENGUIN BOOKS

PENGUIN BOOKS

Published by the Penguin Group
Penguin Books Ltd, 27 Wrights Lane, London W8 5TZ, England
Penguin Books USA Inc., 375 Hudson Street, New York, New York 10014, USA
Penguin Books Australia Ltd, Ringwood, Victoria, Australia
Penguin Books Canada Ltd, 10 Alcorn Avenue, Toronto, Ontario, Canada M4V 3B2
Penguin Books (NZ) Ltd, 182–190 Wairau Road, Auckland 10, New Zealand

Penguin Books Ltd, Registered Offices: Harmondsworth, Middlesex, England

First published 1972
3  5  7  9  10  8  6  4

Copyright © Penguin Books, 1972

Printed in England by Clays Ltd, St Ives plc
Set in Monotype Bembo

# CONTENTS

# CONTENTS

# INTRODUCTION

THE short story has not thrived in contemporary France, at least not the traditional short story as we understand it, psychological and anecdotal. Maupassant who (with Chekhov) provided the model tends to be underrated and has few descendants. There are several reasons for this. Firstly, the impact of the 1914–18 war, Proust, and the surrealist movement led the novel into new paths. It seemed, in its old form, doomed to extinction. In fact this has not happened. Nevertheless, it is remarkable that the short story should have been relatively neglected in the period between the wars and, in spite of a revival in the nineteen-forties, more deliberately neglected in recent years. Isolated masterpieces like Marcel Aymé's *Les Contes du chat perché* or Sartre's *Le Mur* only underline this fact. Those interested in short-story writing had to turn to English and American literature and still do today, for example, in science fiction.

Secondly, the media have, at one end of the scale, killed off the newspaper story or *feuilleton*, saturating the market with photo-comics; and, at the other, have slowly strangled small-circulation monthly reviews which have always been important patrons of short-story writing. Lastly, while many writers moved into films and televi-sion, the *nouvelle*, like the *récit*, has lent itself to the same experimenting as the novel and shown a tendency to become a longer (though sometimes shorter), more sustained exercise, a short novel in fact or a piece of heightened or poetic prose (random examples of recent work of differing quality by Butor, Le Clézio and Daniel

Boulanger come to mind as do Supervielle's fantasies or a work like Gide's *Thésée* from an earlier generation). In short, not what one would recognize as the traditional short story. Perhaps one should start from the premise that the short story has vanished from the scene, and let it come as a pleasant surprise to find it still there, even if the choice of good stories of moderate length is a restricted one.

The aim of the present book is to provide a balanced selection of stories that are recognizable as such in the traditional sense. None of the authors represented here are primarily short-story writers, most of them are established novelists who, as is frequent in France, have shown interest in a wide variety of different forms – essays, art and literary criticism, descriptive prose of an elevated kind or drama. Yet they have all practised the short-story form to perfection and sought and met the challenge of the limitation of space. None of them is particularly young: three belong to and were active in the generation of 1920, four are now dead; but they all have a solid reputation and deserve to be known or better known by an English-speaking public.

A further aim has been not to confine French writing to France alone. Two of the authors chosen are Swiss and one is Belgian. It would have been interesting to include examples of overseas writing as well, Canadian, Levantine, particularly African – whether northern or sub-Saharan – but, unfortunately, there was not room. Of the three non-French writers, RAMUZ is the only one to have turned his back on the Paris literary world and he has probably suffered unjustified neglect in consequence. He is a truly original writer – regional, in the now almost discarded sense, i.e. confining himself to the villagers of the Canton de Vaud among whom he spent most of his life – but he is

much more than this, and his influence between the wars, on Giono for instance, was considerable. *Le Retour du mort*, which shows his poetic gifts well, is the picture of a small town on the Lake of Geneva and the way in which a drowning incident momentarily affects the lives of some of its inhabitants. It would be hard to find a writer less like Ramuz than the cosmopolitan CENDRARS – also Swiss, but bearing his nationality more as a flag of convenience. In *Le Saint inconnu*, which is centred in Chile, he pieces together the life of a poor candidate for sainthood seen through the eyes of smart creole ladies. Cendrars and the Belgian FRANÇOISE MALLET-JORIS were quickly drawn to Paris; however, whereas Cendrars roamed the world, distilling a philosophy of action through his impressionistic writing, Mallet-Joris remains deeply marked by the Flemish culture in which she grew up. Her characteristic blend of sharp, concise observation and rich extravagance, and her taste for paradox are seen well in the short *Jimmy*; the usual roles are reversed in this story of possessiveness and revenge set in a requisitioned château in conquered territory where a group of soldiers are living a kind of beggars' banquet.

It is always interesting to find unexpected tracks of feeling in French writing. CLAIRE SAINTE-SOLINE comes from the south-west. *Le Tabac vert* describes the relationship between a young farmer's wife, her husband and her father-in-law during a late summer day's gathering of the tobacco crop. Her ability to convey more by saying less and her use of half-tones reminds one of Katherine Mansfield or Jean Rhys. By comparison MANDIARGUES is almost perverse. *Sabine* is a suspense story in a nineteenth-century erotic tradition; the heroine on the point of committing suicide retraces the steps that have led to this and passes judgement on herself and, by omission, on her tormentor whose accomplice rather than victim she is. Though the

outcome is clear from the beginning, the story maintains a hypnotic hold on the reader – Mandiargues is expert in the non-linear handling of time as well as in the evocation of place, real or imaginary. ROGER GRENIER's story about wartime Paris, *Une Maison place des Fêtes*, is a straightforward account of a young man with two girl friends who is eventually more drawn to the one he does not marry and even more to the house where she lived. It is sparely written and conveys well, in its subdued tone, the erosive processes of time, in a manner that suggests an affinity with Pavese. *Les Fourmis* shows an altogether different influence: the nonchalant inexpressiveness of much American writing, laced with surrealistic humour. VIAN's story is written in the form of a diary of a combat soldier in and out of action for whom the enemy as such scarcely exist; he refers to them as 'les autres' or 'ceux d'en face' and is increasingly numbed by his lack of involvement in it all. Finally, JACQUES PERRET writes with great verbal gusto combined with robust, imaginative exuberance. *Trafic de chevaux* is very funny: it is the story of an engineer with slender resources but strong principles who, at the cost of his principles, learns resourcefulness during a stormy passage between the St Lawrence and the Bermudas.

The stories are arranged roughly in order of linguistic difficulty but also so as to take their combined effect into consideration. Thus, *Une Maison place des Fêtes* though possibly the easiest in language and idiom is not the most appropriate to begin with; *Les Fourmis* is simple in structure and vocabulary but its mechanical, highly idiomatic style renders it more difficult. Similarly *Sabine* has possibly the most difficult and intricate syntax; *Trafic de chevaux*, though full of verbal tricks, is more straightforwardly written and makes a better ending to the book.

Acknowledgements and copyright credits are due to the following publishers: © Éditions Bernard Grasset for 'Le Tabac vert' from *De la rive étrangère* (1962); © Eric Losfeld and Agence Hoffmann for 'Les Fourmis' from *Les Fourmis* (1967); © Éditions Bernard Grasset for 'Le Retour du mort' from *Nouvelles* (1947); © Éditions Gallimard for 'Une Maison place des Fêtes' from *Nouvelle Revue Française*, May 1970; © René Julliard; Ferrar, Straus & Giroux, Inc., and W. H. Allen & Co. Ltd, for 'Jimmy' from *Cordélia* (1956); © Éditions Denoël for 'Le Saint inconnu' from *Histoires vraies* (1937); © Éditions Gallimard for 'Sabine' from *La Porte dévergondée* (1965); © Éditions Gallimard for 'Trafic de chevaux' from *La Bête Mahousse* (1951).

# GREEN TOBACCO

CLAIRE SAINTE-SOLINE

*Translated by Peter Newmark*

LORSQUE le réveil sonna, il n'était pas encore cinq heures et demie. Les volets s'entrebâillaient sur une clarté blême, plus la nuit, pas encore l'aube. Aussitôt Freddy sortit du lit et donna la lumière. Il était entièrement nu, grand, bien charpenté, le muscle dur. Sa couleur était celle du pain d'épices, avec une bande plus claire entre la ceinture et le haut des cuisses.

Il enfila son short de velours, chaussa de grandes bottes de caoutchouc et, ainsi accoutré, sans chemise, se trouva prêt à descendre au travail. Avant d'éteindre la lampe, il dit :

– Rien t'oblige à te lever tout de suite. Tu peux te reposer encore un moment. Je t'appellerai.

Pour toute réponse, elle se contenta de geindre longuement, d'une petite voix étouffée et plaintive.

Dehors, la brume faisait plutôt présager le beau temps. L'air avait une odeur douceâtre de champignons et de pommes écrasées. Il prit les seaux accrochés à la pompe et entra dans l'étable où quatre vaches ruminaient côte à côte devant le râtelier vide. A son arrivée, trois d'entre elles tournèrent la tête vers lui ; la quatrième, aux flancs volumineux, continua de mâcher en regardant vaguement devant elle. Après avoir attaché la queue de la première, il lui tapa sur la croupe, l'appela «Noiraude, Noiraude» et, assis sur un escabeau de bois à un seul pied, il empoigna les grosses tétines. Deux jets de lait se croisèrent et tintèrent sur le métal.

Traire lui semblait plutôt une besogne de femme, mais à une heure si matinale, il ne pouvait pas en charger Léa. Elle était trop menue, trop fragile, trop peu accoutumée encore

# GREEN TOBACCO

WHEN the alarm rang, it was not yet half past five. The pale light was visible below the shutters which were slightly ajar; the night was over but it wasn't yet dawn. Freddy got out of bed at once and put on the light. He was completely naked, tall, well-built, with firm muscles. His skin was the colour of gingerbread, with a lighter strip between the belt and the top of the thighs.

He pulled on his corduroy shorts, put on his large rubber boots and thus dressed, without a shirt, he was ready to go down to work. Before putting out the light, he said:

'No need for you to get up at once. You can go on resting a bit longer. I'll call you.'

She didn't answer, but just made a long whimpering noise, her voice small, smothered and complaining.

Outside, the mist suggested it would be fine. The air had a sickly sweet smell of mushrooms and crushed apples. He took the pails hanging on the pump and went into the cow-shed where four cows were chewing the cud side by side at an empty rack. When he came in, three of them looked round towards him; the fourth, which had huge flanks, went on chewing, looking vaguely in front. He tied the first one's tail, slapped her on the rump and called her: 'Blackie, Blackie' and, sitting on a one-legged wooden stool, he got hold of the large teats. Two milk jets crossed each other and rang out on the metal.

He rather thought milking was a woman's job but he felt he couldn't give it to Léa to do so early in the morning. She was too slight, too fragile, still too unaccustomed to

aux travaux de la ferme. Tout en tirant d'un mouvement régulier sur le pis, il organisa l'emploi du temps de sa journée comme chaque matin pendant la traite: charroyer un peu de soja, ramasser des feuilles de tabac, passer le cultivateur derrière le rucher, réparer la disqueuse. Il avait beau trimer depuis les premières heures de l'aube jusqu'à la nuit noire, il n'arrivait jamais au bout des tâches qu'il s'était fixées. Quelle que fût la saison, les journées étaient trop courtes. Ses accès d'humeur et ses violents maux de tête devaient venir de là: de toute cette besogne qui, malgré ses efforts, restait néanmoins en souffrance.

Lorsqu'il eut achevé de traire, il entra dans la cuisine et remplit une grande casserole de lait. Juste à cet instant, il entendit, venant de la vallée, le son impérieux d'un klaxon. Alors il prit les seaux et se hâta de dégringoler la pente caillouteuse.

– Plus ça va, plus t'arrives de bonne heure, fit-il. Si ça continue, tu t'amèneras bientôt en pleine nuit.

– Ça arrange les clients, fit le garçon rougeaud qui conduisait la camionnette et puis n'oublie pas que je commence ma tournée par ici. Aujourd'hui, je me suis peut-être mis en route encore plus tôt qu'à l'habitude à cause du temps. La radio a annoncé de l'orage.

– Dans la région?

– Violents orages, qu'ils ont dit, sans préciser.

Freddy regagna la ferme en balançant les seaux vides et donna une brassée de fourrage aux vaches. Il n'était pas encore six heures et demie à la pendule de la cuisine. Lorsqu'il était seul à aller et venir, les aiguilles tournaient avec une étonnante lenteur. Il remonta dans la chambre, ouvrit les volets, et la lumière étant encore imprécise, tourna[1] le bouton électrique.

– La radio a annoncé de l'orage pour aujourd'hui, fit-il.

farm work. As he pulled at the udder with a regular movement, he organized his day's timetable as he did every
morning during the milking: cart some soya beans, pick
the ripe tobacco leaves, take the light plough behind the
beehives, repair the disk harrow. However much he
slogged away from the first hours of dawn till dead of
night, he never came to the end of the jobs he had set
himself. Whatever the time of year, the days were too
short. This must have been the reason for his tempers and
his violent headaches: all this work, which in spite of his
efforts still remained to be done.

When he had finished milking, he went into the kitchen
and filled a large saucepan with milk. At that moment he
heard the imperious sound of a motor horn from the valley.
Then he took the pails and quickly rushed down the stony
slope.

'You're coming earlier every morning,' he said. 'If you
go on like this, you'll soon be coming in the middle of the
night.'

'It suits the customers,' said the red-faced boy driving the
van. 'And then don't forget I begin my round here. Today
perhaps I started off earlier than usual because of the weather. The radio said there'd be storms.'

'In these parts?'

'Violent storms,' they said. 'They didn't say where.'

Freddy went back to the farm swinging the empty pails,
and gave the cows an armful of fodder. According to the
kitchen clock, it wasn't six-thirty yet. When he was going
in and out on his own, the hands turned astonishingly
slowly. He went up to the bedroom again, opened the
shutters and as the light was still dim turned on the electric
switch.

'It said on the radio there'll be storms today. It's a

C'est rudement embêtant à cause du tabac. Presque toutes les feuilles sont bonnes à cueillir. L'averse va les esquinter et après ces saloperies de limaces y feront des trous. Une récolte fichue, quoi.

— Ça veut dire que je dois me lever pour t'aider à les ramasser? demanda Léa.

Sans répondre, il resta debout, en faction, au pied du lit.

Elle s'assit, sortit ses jambes de sous les couvertures et se leva.

Elle ne portait, pour tout vêtement de nuit, qu'une veste de pyjama qui lui cachait à peine les hanches. De petite taille, mais avec des formes pleines et une peau laiteuse, elle ressemblait à une jolie poupée qu'on eût un peu malmenée. Des mèches échappées d'un chignon à moitié défait tombaient sur ses oreilles. On la devinait moite, tiède, encore tout alourdie de sommeil.

Freddy eut envie de la saisir à pleins bras et de la faire basculer sur le matelas. Il se souvint à temps du tabac. Il recula vers la fenêtre pendant qu'elle enfilait un pantalon de toile bleue et une marinière de laine.

— Me voici prête, fit-elle en se dirigeant, pieds nus, vers l'escalier. Mais avant d'aller travailler au tabac, il faut tout de même prendre le temps de déjeuner.

Pendant qu'il allait ouvrir la porte du poulailler afin de permettre à la volaille de s'égailler dans les champs, elle fit chauffer la casserole de lait, mit les bols sur la table et passa le coin de l'essuie-mains mouillé sur ses paupières, sur ses pommettes tachées de rousseurs, sur son front étroit et têtu.

Tous deux s'assirent face à face et commencèrent à déjeuner. Il se tailla plusieurs tartines, y étendit une épaisse couche de beurre et but trois grands bols de lait. Elle n'avait pas faim. De voir son mari manger avec un tel appétit la rassasiait. Et puis, c'était trop tôt. On pouvait la

bloody nuisance with the tobacco. Almost all the leaves are ready for picking. The downpour will ruin them and afterwards those filthy slugs will make holes in them. The crop will be done for.'

'You mean you want me to get up and help you collect the leaves?' Léa asked.

He didn't reply but stood there, like a sentry, at the bottom of the bed.

She sat up, pulled her legs out of the blankets and got up.

The only nightdress she wore was a pyjama jacket hardly covering her hips. She was small, but shapely and had a milky skin; she was like a pretty doll which had been knocked about a bit. Her hair was half down and strands of it were falling over her ears. She looked moist, warm, still heavy with sleep. Freddy wanted to seize her in both arms and swing her back on to the mattress. But he remembered the tobacco. He retreated to the window while she slipped on a pair of blue cotton trousers and a woollen jersey.

'I'm ready,' she said, going barefoot to the stairs. 'But we must have some breakfast before starting on the tobacco.'

While he went off to open the henhouse door and let the poultry scatter in the fields, she warmed the milk in the saucepan, put the bowls on the table and pressed the corner of a wet towel on her eyelids, her freckled cheekbones, her narrow stubborn forehead.

They sat down opposite each other and began eating. He cut himself several slices of bread, spread a thick layer of butter on them and drank three large bowls of milk. She wasn't hungry. Seeing her husband eating with such an appetite satisfied her hunger. Besides, it was too early.

croire éveillée; en réalité, elle dormait encore à demi.

– Nous sommes samedi, fit-elle. Ça me surprend que ton père ne soit pas monté hier au soir. Déjà, la semaine dernière, on ne l'a pas vu; il n'a pas écrit. Ce n'est pas dans ses habitudes de nous laisser ainsi sans nouvelles.

– S'il écrit pas, c'est probablement qu'il a rien à dire; et s'il vient pas, c'est qu'il en a pas envie, dit Freddy.

Il se coupa une autre tranche de pain.

– Tu l'attendais hier au soir, continua-t-il. Je t'ai vue descendre le chemin à l'heure du car.

– J'étais près du rucher; je me suis dit que s'il arrivait je l'aiderais à porter sa valise. La montée est pénible pour lui à cause de sa mauvaise jambe.

– Depuis la guerre qu'il la traîne, il doit y être habitué, dit Freddy.

– J'ai l'impression qu'il nous boude un peu depuis quelque temps. Peut-être parce que tu ne parles plus de faire arranger le fournil pour qu'il s'y installe.

Auparavant, il était sans cesse question de ces transformations; Freddy faisait des plans, demandait des devis, discutait avec les entrepreneurs et, brusquement, plus rien, silence.

– J'ai réfléchi, dit Freddy. C'est mon père; on s'accorde pas trop mal. C'est bon. Mais si on se voyait tous les jours de la semaine, on s'accorderait peut-être pas si bien. Et puis suppose qu'il nous arrive une série de tuiles – dans la culture, faut s'attendre à tout – et qu'on soit obligés de vendre. Il aurait perdu sa place, quitté son logement de la ville. Qu'est-ce qu'il deviendrait? Non; je laisse tomber.

– Ça te regarde. Tu feras ce que tu voudras, dit Léa. Par où commence-t-on?

She looked as though she was awake; in fact she was still half asleep.

'It's Saturday,' she said. 'I'm surprised your father didn't come up last night. We didn't even see him last week, he didn't write. It's not normal for him to leave us without news like this.'

'The reason he doesn't write is probably because he's got nothing to say; and the reason he's not coming is that he doesn't feel like it,' Freddy said.

He cut himself another slice of bread. 'You were waiting for him last night,' he went on. 'I saw you go down the road when the bus was due.'

'I was near the hives; I thought that if he came I'd help him carry his suitcase. The climb is difficult for him with his bad leg.'

'He's had it since the war, he must be used to it,' Freddy said.

'I have the feeling he's been keeping out of our way for some time now. Perhaps because you no longer mention getting the bakehouse ready for him to move into.'

Before this, they were always talking about these conversions; Freddy made plans, asked for estimates, had discussions with builders and then suddenly he stopped, not another word.

'I've been thinking,' Freddy said. 'He's my father; we don't get on too badly. That's all right. But if we met every day of the week, we might not get on so well. And then supposing we had a succession of misfortunes – when you're farming you've got to be ready for anything – and had to sell. He would have lost his job and left his lodgings in town. What would happen to him? No, I'll drop the idea.'

'That's your business. You'll do as you like,' Léa said. 'Where shall we begin?'

– Par le champ du haut.

– Eh bien! en route. Va chercher la brouette pendant que je donnerai une brassée d'herbe aux lapins.

Elle enfila ses bottes, passa au clapier et monta la colline d'un pas allègre. L'air achevait de l'éveiller; elle en aimait la fraîcheur, l'humidité. Depuis plus d'un an qu'elle était mariée, elle n'était pas encore bien habituée à la vie campagnarde et, de se trouver si tôt debout au milieu des champs la surprenait, lui paraissait un exploit. Elle jouait encore à la fermière.

Elle arriva dans la parcelle en même temps que Freddy qui avait pris un autre sentier. Sur la hauteur s'alignaient plusieurs rangées de tabac de près de cent mètres de long. La saison ayant été pluvieuse, les plants étaient robustes, avec de larges feuilles d'un vert sombre et des pousses plus claires qui se dressaient et dont certaines étaient sur le point de fleurir. On eût dit un coin de végétation équatoriale égaré sur le coteau. Le soleil s'élevait péniblement dans la brume; on y voyait juste assez pour travailler. L'herbe était mouillée, mais, sur leurs hautes tiges, les feuilles de tabac n'avaient pas été touchées par la rosée nocturne et la cueillette était possible.

– Je suis plus mince que toi; je passe entre les rangs; je ferai moins de dégâts, dit Léa.

Il acquiesça et lui recommanda de débourgeonner avec soin. L'inspecteur n'allait pas tarder à venir et s'il voyait des pousses il n'accorderait pas la prime.

Tous deux travaillaient au même niveau, cassant les tiges et les pétioles tendres, gorgés d'une sève poisseuse qui brunissait les mains. Elle continua de bavarder.

– Combien crois-tu qu'ils nous en donneront de la récolte?

– Je sais pas au juste. J'espère cent cinquante mille; mais

'With the top field.'

'All right, come on. You look for the wheelbarrow while I give the rabbits an armful of grass.'

She put on her boots, went to the rabbit-hutch and briskly climbed the hill. The fresh air was at last waking her up, she loved its freshness and dampness. She had been married for over a year, but still wasn't used to country life; being up so early in the fields surprised her, and seemed an achievement. She was still playing at being the farmer's wife.

She got to the plot at the same time as Freddy who had come by another path. At the top there were several rows of tobacco plants about a hundred yards long. As it had been a rainy season, the plants were strong with large, dark green leaves and lighter coloured shoots, some of them about to flower. It looked like a patch of tropical vegetation that had gone astray on the hillside. The sun was struggling through the mist; one could see just enough to work by. The grass was damp but the tobacco leaves on their tall stems had not been touched by the dew from last night, and so picking was possible.

'I'm thinner than you are; I'll go between the rows; I'll do less damage,' Léa said.

He agreed and warned her to be careful to remove the buds. The inspector would come soon and if he saw shoots he wouldn't give the bonus.

Both of them were working at the same level, breaking off the stems and the soft leaf stalks which were full of a sticky sap that made their hands brown. She went on chatting:

'How much do you think they'll give us for the crop?'

'I don't know exactly. I hope a hundred and fifty thou-

l'année est bonne pour tout le monde. Les prix vont baisser. Ils seront féroces pour les catégories.[2]

– Cent cinquante mille, c'est tout de même une somme.

– Tu oublies le temps qu'on y passe à cette saleté de tabac, sans compter tout le fumier qu'on met au pied.

Comme pour lui-même, il énuméra la série des travaux: semer, repiquer, désherber, cueillir, faire sécher, trier, rouler les manoques.

– J'aime bien les champs de tabac, dit Léa. Ils ont une autre allure que ceux de pommes de terre ou de betteraves. Ils embellissent la propriété; ne trouves-tu pas?

Il répondit qu'il ne se souciait pas de la beauté, qu'il travaillait pour l'argent. Toute l'année, il pestait contre cette saleté de tabac et puis il pensait que cent, cent cinquante billets seraient bons à prendre, qu'ils boucheraient un trou et, le printemps venu, il redemandait de la graine.

– Les fleurs sont de quelle couleur? Je ne les ai encore jamais vues, dit Léa.

Il n'entendit pas la question. Il avait pris une avance de plusieurs mètres et la conversation était devenue impossible.

Lorsqu'il s'apprêtait à rouler la troisième brouettée de feuilles, Léa sortit des rangs. Le soleil avait émergé de la brume et l'ombre des pêchers s'étaient déjà beaucoup rétrécie.

– Je te suis, fit-elle. J'ai affaire à la maison.

Ils revinrent tous les deux; lui, devant, poussant la brouette chargée de feuilles de tabac; elle sautillant derrière avec ses grandes bottes de caoutchouc que l'eau avait lustrées et rendues pareilles à du cuir verni.

– Regarde le ciel, Freddy. Je pense qu'il a rêvé ton laitier.

– Pour les orages, on sait jamais trop à quoi s'en tenir.

sand; but it's a good year for everyone. The prices will go down. They'll be hot on quality.'

'A hundred and fifty thousand, that's quite a large sum.'

'You're forgetting all the time we're spending on this filthy tobacco, not to mention all the manure we put down.' He went through the round of jobs as though talking to himself: sowing, transplanting, weeding, picking, curing, grading, tying tobacco-leaf hands.

'I like tobacco fields,' said Léa. 'They look quite different from potato or beetroot ones. They make the farm beautiful, don't you think so?'

He replied that he wasn't concerned with beauty, he was working for money. The whole year he cursed this filthy tobacco and then he thought that a hundred or a hundred and fifty notes would be worth having, they'd fill a gap, and when the spring came, he asked for seed again.

'What colour are the flowers? I've never seen them yet,' said Léa.

He didn't hear the question. He had gone ahead several yards, and conversation had become impossible.

As he was getting ready to roll the third wheelbarrow load of leaves, Léa appeared from the tobacco rows. The sun had emerged from the mist and the shadows of the peach trees had already shortened a lot.

'I'll follow you,' she said. 'I've got work to do in the house.'

They both went back; him in front, pushing the wheelbarrow full of tobacco leaves; she behind, skipping about in her big rubber boots; the water had made them shiny like patent leather.

'Look at the sky, Freddy. I think your milkman was imagining things.'

'You never know where you are with storms.'

Avec précautions, il dressa les feuilles en tas le long des murs de la cuisine pendant que Léa se beurrait une tartine de pain. Le grand air lui avait ouvert l'appétit. De temps à autre, tout en mangeant, elle levait les yeux sur la pendule fixée au mur, contre le buffet, ou elle regardait par la fenêtre la cour close d'une palissade et, au-delà, le chemin pierreux qui descendait vers la grand-route. Tout d'un coup, elle s'écria:

– Ton père. Voici ton père qui arrive.

Elle se leva, fit un pas pour sortir. Freddy tourna seulement la tête, dans la direction de la cour, alors elle s'immobilisa, debout contre la table, et mordit dans sa tartine. Marcelin ouvrit la porte.

– Bonjour mes enfants. Je vous surprends. Comment allez-vous? Bien, à ce que je vois.

Grand, maigre, il marchait en s'aidant d'une canne. Son maintien un peu raide était celui d'un ancien militaire ou d'un infirme qui a la volonté de ne pas apitoyer. Ses traits n'étaient pas réguliers, mais il avait néanmoins un visage fin, expressif, un beau regard. Le père et le fils ne se ressemblaient en rien; l'un avait une distinction naturelle un peu maladive, l'autre un corps sain, puissant, assez grossièrement taillé.

Marcelin embrassa Léa et Freddy sur les deux joues.

– L'envie de vous voir m'a pris ce matin au réveil. Je me suis mis en route aussitôt sans pouvoir vous prévenir.

Il riait, il y avait pourtant quelque chose de forcé dans sa gaîté.

– Nous vous attendions un peu hier au soir; n'est-ce pas, Freddy?

Celui-ci fit comme s'il n'eût rien entendu. Il retourna dans le champ.

– Le laitier ne lui a-t-il pas annoncé de l'orage, il est préoccupé, expliqua Léa. Il craint pour la récolte de tabac.

Taking great care, he stood the leaves up in heaps along the kitchen walls while Léa buttered a piece of bread for herself. The fresh air had given her an appetite. From time to time as she ate she looked up at the clock on the wall over the sideboard or through the window at the yard which was surrounded by a fence and farther on, at the stony lane which went down towards the main road. Suddenly she called out:

'Your father. Here's your father coming.'

She got up and went to go out. Freddy merely looked round towards the yard, then she stopped still, standing close to the table and bit into her bread and butter. Marcelin opened the door.

'Good morning, children. I know you're not expecting me. How are you? You look well.'

He was tall and thin and used a stick to walk with. He held himself rather stiffly like an old soldier or a disabled person who doesn't want people to pity him. He had rather irregular features but his face was sensitive and expressive, and he had fine eyes. Father and son were nothing like each other; the one had a natural, slightly sickly distinction; the other a healthy, powerful, rather coarsely built body.

Marcelin kissed Léa and Freddy on both cheeks.

'This morning when I woke up I suddenly wanted to see you. I set out at once and couldn't let you know.'

He was laughing, but there was something forced in his gaiety.

'We were half expecting you last night, weren't we, Freddy?'

Freddy behaved as though he hadn't heard anything. He went back into the field.

'The milkman warned him there'd be a storm, he's worried,' Léa explained. 'He's afraid for the tobacco crop.'

Marcelin s'assit dans le fauteuil paillé de la cuisine et allongea sa mauvaise jambe.

– La montée vous a fatigué, père?

– Non, quand le chemin est sec, ça va; je peine davantage dans la boue.

Il se tut, alluma une cigarette et resta silencieux quelques instants, regardant Léa éplucher des pommes de terre. Puis il demanda de manière abrupte:

– Dites-moi, ma fille, Freddy a-t-il quelque chose contre moi?

– Rien, absolument rien. Que voulez-vous qu'il ait?

– Je ne sais pas. J'ai l'impression qu'il est de mauvaise humeur quand j'arrive.

Il se tut un moment et continua:

– Il ne parle plus jamais du fournil. Autrefois, il ne songeait qu'à ça; c'était moi qui freinais, qui hésitais à venir me fixer ici. J'ai fini par accepter; maintenant il n'est plus question de rien.

– Freddy a trop de travail, père, vous n'imaginez pas tout le travail qu'il a. Je me rends bien compte que je ne lui suis pas d'un grand secours. Faire marcher une ferme pareille sans domestique, c'est trop dur; il s'y tue.

– J'avais dit que je paierais les ouvriers.

– Il faudrait les surveiller. Ce serait un chantier[3] de plus, de nouveaux tracas. Il en a déjà trop.

Le père convint qu'il n'était guère en état d'aider son fils, tout juste pourrait-il lui être de quelque utilité pour l'entretien du matériel.

– Je dis ça, mais puisqu'il n'est plus d'accord, n'en parlons plus. Avez-vous quelque chose à me faire faire? Vous avez le bricoleur à domicile, profitez-en.

Marcelin sat down in the straw chair in the kitchen and stretched out his bad leg.

'Has the climb tired you, father?'

'No, when the road is dry, it's all right. It's worse when it's muddy.'

He finished, lit a cigarette and was silent for a few moments, watching Léa peel potatoes. Then he asked abruptly:

'Tell me, daughter, has Freddy something against me?'

'Nothing, nothing at all. What do you think he's got against you?'

'I don't know. I feel he's in a bad mood when I come.'

He was silent for a moment and then went on:

'He never mentions the bakehouse any more. Before, that was all he ever thought about; I was the one who kept restraining him, who hesitated to set up home here. Finally, I agreed. Now, the thing's never mentioned.'

'Freddy's got too much work, father, you can't imagine what a lot of work he's got. I'm well aware I'm not much help to him. Running a farm like this without a servant is too difficult. It's killing him.'

'I said I'd pay for the workers.'

'They'd have to be supervised. It would mean a whole lot more work, and more worries. He's got too many already.'

The father admitted he was not really in a position to help his son; at the most he could be of some use to him with the upkeep of the farm implements.

'That's what I say, but as he doesn't think that way now, let's not talk about it any more. Have you got something for me to do? You've got your handyman at home, make use of him.'

Le fer à repasser ne chauffait plus; elle alla le chercher. Il tira de sa poche un couteau à plusieurs lames, mit ses lunettes et attaqua une vis.

Tout en travaillant, il suivait des yeux les allées et venues de Léa près de la cuisinière. Elle avait beaucoup changé depuis qu'elle était à la ferme. Autrefois, elle portait des jupes qui gonflaient autour de ses genoux, des chemisettes de soie, des souliers fins; ses cheveux étaient bien peignés, pas une mèche ne s'échappait de son chignon. Ce costume de garçon lui seyait cependant aussi, lui donnait de l'originalité, du piquant, on ne pouvait le nier. Elle était assez jolie pour se permettre le négligé, assez femme pour porter des pantalons.

– Vous ne regrettez pas trop la ville?

– Non, sauf peut-être le matin, quand il faut me lever et qu'il ne fait pas encore jour.

– J'avais peur que vous ne puissiez pas vous accoutumer à la campagne.

– Comment se fait-il alors que vous m'ayez tant poussée à épouser Freddy? Vous le saviez bien que je devrais vivre ici, dans cette ferme isolée.

– C'était pour lui une chance inespérée et moi, je n'aurais jamais trouvé une bru comme vous.

Freddy revint par deux fois porter des feuilles de tabac dans la cuisine. Il arrêtait la brouette dehors, devant la porte, et prenait de grandes brassées qu'il disposait debout, le long des murs. Il n'adressait jamais la parole à son père. Lorsque celui-ci demanda si la récolte était bonne, pour toute réponse, il poussa un grognement évasif.

Le repas fut presque silencieux. Tous trois étaient de bon appétit et, s'ils parlaient peu, du moins mangeaient-ils solidement.

– Elle devient bonne cuisinière, dit le père.

The iron had broken. She went and fetched it. He took a knife with several blades from his pocket, put on his glasses and started on a screw.

As he worked, he watched Léa moving around at the kitchen stove. She had changed a lot since she had been at the farm. She used to wear skirts billowing around her knees, silk blouses, dainty shoes; her hair was well combed, not a strand escaped from her chignon. Still, this boy's costume suited her too, it was original, provocative, that was undeniable. She was pretty enough not to have to bother about her dress, and feminine enough to wear trousers.

'You don't miss the town too much?'

'No, except in the morning perhaps, when I have to get up and it's not light yet.'

'I was afraid you wouldn't be able to get used to the country.'

'How come you kept encouraging me to marry Freddy? You certainly knew I'd have to live here, in this lonely farm.'

'It was an unexpected piece of luck for him, and as for me, I'd never have found a daughter-in-law like you.'

Freddy came back twice and brought tobacco leaves into the kitchen. He kept the wheelbarrow outside the door and brought in great armfuls and stood them up along the walls. He didn't say a word to his father. When his father asked if the crop was good, he merely grunted evasively.

The meal was almost silent. All three were hungry and though they didn't talk much, at least they ate heartily.

'She's going to be a good cook,' said the father.

– Pour faire cuire une tranche de jambon, pas besoin d'être un cordon bleu, répliqua Freddy.

Il reprit des pommes de terre et se tourna vers Léa.

– T'es même pas peignée. Tu pourrais aller chez le coiffeur.

– J'avais l'intention d'y descendre aujourd'hui, mais il paraît que l'orage va éclater et qu'on doit se dépêcher de ramasser le tabac. Alors la coiffure, ce sera pour un autre jour.

Visiblement elle essayait de plaisanter, de changer l'humeur de son mari, mais ses efforts restaient vains.

Freddy quitta la table le premier. Léa commença de desservir et s'interrompit pour décrocher un miroir qu'elle posa devant elle, contre un pichet. Elle essaya diverses coiffures, mais ses cheveux lisses et fins, trop longs ou trop courts, ne se prêtaient à aucune sorte de chignon.

– Si j'essayais, dit Marcelin.

Il posa sa canne contre une chaise et, laissant d'abord tomber les mèches tout autour de sa tête, il en retroussa ensuite le bout, de manière à former une sorte de bonnet. Ce bonnet soyeux aux reflets roux exagérait la courbe des pommettes, affinait le menton et faisait paraître les yeux plus bridés.

– Voilà ce qui vous irait. Naturellement, il faudrait couper tout autour.

Afin qu'elle pût mieux se voir, il se plaça derrière elle et maintint fermement les cheveux en place avec ses deux mains.

– C'est pourtant vrai que ça m'embellit, fit-elle. Mais jamais Freddy ne supporterait que je me coiffe de cette façon. Il trouverait que je n'ai pas l'air assez sérieux.

Marcelin se tut et pressa davantage la petite tête entre ses paumes. Léa restait immobile, comme pétrifiée; elle continuait à regarder dans la miroir non plus son image,

'You don't have to be a *cordon bleu* to cook a slice of ham,' retorted Freddy.

He took some more potatoes and turned to Léa.

'You haven't even combed your hair. You could go to the hairdresser.'

'I meant to go down today, but they say the storm will break and we must hurry and collect the tobacco. So I can leave my hair for another day.'

She was clearly trying to be humorous, to change her husband's mood, but her efforts were in vain.

Freddy was the first to leave the table. Léa began clearing away and stopped to take down a mirror which she put in front of her, against a pitcher. She tried various hair-styles, but her smooth fine hair, which was either too long or too short, wouldn't go up at all.

'Let me try,' said Marcelin.

He put his stick against a chair and first let her locks fall round her head, and then tucked up the ends, so as to make a kind of bonnet. This silky bonnet with its reddish lights exaggerated the curve of her cheek-bones, refined the chin and made her eyes narrower.

'That's how it would suit you. Naturally you'd have to cut it all round.'

So that she could see herself better, he stood behind her and kept her hair firmly in place with both hands.

'It's certainly true that it improves my looks,' she said. 'But Freddy would never let me do my hair like this. He'd say I don't look respectable enough.'

Marcelin said nothing and pressed her little head closer between his palms. Léa remained motionless as though petrified; she went on looking in the mirror at something

mais quelque chose de plus lointain et, semblait-il, beaucoup plus vague.

Une nuée de mouches pénétra par la fenêtre et se mit à bourdonner sous le plafond. Le soleil se voila; la pièce, d'abord claire, s'emplit brusquement d'ombre. Alors Léa secoua légèrement la tête pour se libérer de l'étreinte et Marcelin laissa retomber les cheveux.

Ce fut à cet instant que Freddy entra dans la pièce sans qu'ils l'eussent entendu venir. Il regarda Léa avec ses mèches, sur le cou, sur la figure et le père debout derrière elle.

— On l'a annoncé, alors il approche, leur bon sang d'orage, fit-elle après un silence durant lequel le bourdonnement des mouches parut plus intense.

Freddy quitta la pièce sans répondre.

— Je laverai la vaisselle plus tard, dit Léa. Pour le moment, c'est le tabac qui presse.

Elle lia ses cheveux sur sa nuque avec un bout de lacet et sortit avec Marcelin.

Ils se dirigèrent vers un autre champ situé derrière la maison, près du verger. Le père marchait avec peine sur le sol inégal du champ de luzerne. Aux places restées dans l'ombre, l'herbe était encore mouillée et le bas de son pantalon ne tarda pas à être trempé.

— J'aurais dû vous prêter les brodequins de Freddy, dit Léa.

Elle ne sautillait plus. Son visage avait une expression grave et soucieuse.

— Il ne faut pas que je vous retarde, ma fille, dit Marcelin; allez devant, je vous suis.

Freddy avait déjà rempli à demi la brouette. Il donna des ordres à son père du même ton que s'il eût commandé un valet inexpérimenté.

— Cueille à partir du bas ... Laisse quatre feuilles ...

further away and apparently much less distinct, not her reflection any more.

A cloud of flies came in through the window and began buzzing on the ceiling. The sun clouded over; the room, at first light, was now suddenly filled with shadow. Then Léa shook her head lightly to release herself from the embrace and Marcelin let her hair fall.

That very moment Freddy came into the room without them hearing him. He looked at Léa with her locks on her neck, on her face and his father standing behind her.

'They said it was coming, and now it is, their fine storm,' she said after a silence, during which the buzzing of the flies seemed louder.

Freddy left the room without answering.

'I'll do the washing up later,' Léa said. 'The tobacco is more urgent at the moment.'

She tied her hair at the back of her neck with a bit of shoelace and went out with Marcelin.

They walked towards another field behind the house near the orchard. The father had some difficulty in walking on the uneven ground in the lucerne field. The grass was still damp in the shady places and the bottoms of his trousers were soon soaked.

'I should have lent you Freddy's boots,' Léa said.

She wasn't skipping around anymore. Her face had a serious worried look.

'I mustn't hold you up, child,' Marcelin said. 'You go in front, I'll follow you.'

Freddy had already half filled the wheelbarrow. He gave his father orders in the same tone of voice as if he were ordering about an inexperienced servant.

'Pick from the bottom . . . leave four leaves . . . careful

Attention à ne pas faire d'accrocs ... Enlève toutes les pousses. C'est compris?

– Je crois.

Le ciel était encore bleu sur leur tête, mais, à l'ouest, il devenait d'un gris sombre et menaçant. Déjà le soleil avait disparu derrière les nuages qui montaient de l'horizon.

Léa et Freddy passèrent entre les rangs, tandis que Marcelin contournait la parcelle. Pour faire un pas, il devait s'aider de sa canne. Il l'enfonçait ensuite un peu en terre afin d'avoir les mains libres pour travailler. Freddy le surveillait par les interstices entre les plants et parfois lui faisait une observation sans ménagements:

– Toutes dans le même sens, voyons ... T'as oublié une pousse ... Faut les casser plus bas, autrement, au premier coup de vent, les bouts de tige déchireront les feuilles.

Jamais le père n'aurait imaginé que le tabac vert demandât tant de ménagements. Il essayait d'obéir, mais il avait le sentiment d'être lent et maladroit. N'eût été la station debout et l'humeur de Freddy le travail lui eût pourtant paru plaisant. La végétation luxuriante créait comme un dépaysement auquel contribuait l'odeur insidieuse et grisante. Et Léa était là; elle accomplissait la même besogne, elle faisait les mêmes gestes que lui. Les plants étaient bien trop hauts pour qu'il pût espérer la voir; mais parfois il devinait sa présence entre les feuilles.

Au bout d'une heure environ, il fut pris de crampes dans la jambe.

– J'aimerais m'asseoir un peu maintenant, fit-il. Je pourrais enfiler les feuilles si l'un de vous me montre comment on s'y prend.

Léa le suivit vers la maison.

Il s'assit devant la table de cuisine, tandis qu'elle jetait

you don't make any tears ... remove all the shoots....
You understand?'

'I think so.'

The sky above their heads was still blue but in the west
it was turning a dark threatening grey. The sun had already
disappeared behind the clouds rising above the horizon.

Léa and Freddy went between the rows whilst Marcelin
went round the plot. He had to use his stick for each step
forward. Then he dug it a bit into the ground so as to
have his hands free to work with. Freddy supervised him
through the gaps between the plants and sometimes criti-
cized him unsparingly:

'Come on, they should all be in the same direction ...
you've left out a shoot. You must break them off lower
otherwise at the first gust of wind the stem-ends will rip
the leaves.'

The father would never have thought green tobacco
required such care. He tried to obey, but he felt he was
being slow and clumsy. Still the work would have been
enjoyable if he hadn't had to stand and if Freddy hadn't
been so bad-tempered. The luxuriant vegetation seemed to
remove him from his normal surroundings, and the slowly
penetrating and intoxicating smell helped to give this impression. And Léa was there; she was doing the same job,
she was making the same movements as he was. The plants
were too high for him to have a hope of seeing her; but
sometimes he sensed her presence between the leaves.

After about an hour, he got cramp in his leg.

'I'd like to sit down a little now,' he said. 'I could string
the leaves if one of you would show me how to do it.'

Léa followed him to the house.

He sat down at the kitchen table while she threw a sack

un sac près du mur et s'installait à l'écart, sur le carrelage. Les ficelles étaient préparées. Il s'agissait d'enfiler les feuilles face contre face, dos contre dos, à l'aide d'une longue aiguille plate bien acérée. Les feuilles une fois pressées sur l'aiguille, on les faisait glisser ensuite le long du fil.

— Tant pis pour les mouches, dit Léa ; j'ouvre la fenêtre. Cette odeur me monte à la tête.

Les feuilles maniées, piquées, répandaient dans la pièce un parfum de plus en plus violent, à la fois sucré et amer qui rendait l'air épais, substantiel, à peine respirable.

Chaque fois qu'il venait décharger une nouvelle brouettée, Freddy surveillait le travail et ne le trouvait jamais à son goût. Marcelin enfonçait l'aiguille à côté de la nervure centrale, ou bien le tranchant n'avait pas été tout à fait parallèle aux fibres et la feuille avait craqué.

— Il est aussi exigeant pour moi, vous savez, père, dit Léa lorsque Freddy fut reparti. Il a raison. Je n'y entendais rien à la culture ; j'ai tout à apprendre et j'ai peur de n'être pas très douée.

— Il ne l'était pas du tout, lui, pour les études, dit le père. Il pourrait s'en souvenir et avoir un peu de patience.

— Avant l'orage, personne n'a de patience, dit Léa.

Elle se souvint qu'elle n'avait pas donné la pâtée aux jeunes dindons et sortit dans la cour.

— Où est-elle encore partie? demanda Freddy lorsqu'il revint apporter de nouvelles brassées de feuilles. Depuis ce matin, elle ne tient pas en place.

La cueillette était maintenant achevée. Freddy ferma la fenêtre afin d'éviter les courants d'air et commença de monter au grenier les guirlandes lourdes et fragiles. Il en mettait une sur chaque épaule. Son torse nu et bronzé émergeait des larges feuilles et l'on ne voyait plus son short

down near the wall and settled down away from him, on the stone floor. The strings were ready. They had to thread the leaves on face to face and back to back, with a long, flat, sharply pointed needle. As soon as the leaves were pressed against the needle, they were slid along the thread.

'I don't care about the flies,' said Léa. 'I'm opening the window. This smell makes me dizzy.'

After the leaves had been handled and pricked they spread a more and more powerful scent into the room; it was bitter-sweet, making the air thick, substantial and barely breathable.

Whenever he came to unload another wheelbarrow, Freddy surveyed the work and didn't once find it to his satisfaction. Marcelin was putting in the needle too close to the midrib, or the edge of the knife hadn't been quite parallel to the fibres and the leaf had cracked.

'He's just as strict with me you know, father,' Léa said when Freddy had gone again.' He's right. I knew nothing about farming; I've got everything to learn and I'm afraid I'm not very gifted.'

'He wasn't at all gifted for study,' the father said. 'He might remember that and have a little patience.'

'Before a storm, no one has any patience,' Léa said.

She remembered she hadn't given the mash to the young turkeys and went out into the yard.

'Where has she gone now?' Freddy asked when he returned with fresh armfuls of leaves. 'She hasn't been able to stay in one place since this morning.'

The picking was now over. Freddy shut the window to avoid draughts and began taking the heavy fragile garlands of leaves up to the loft. He put one on each shoulder. His naked bronzed torso emerged from the broad leaves and his corduroy shorts were no longer visible. He looked

de velours. Il avait l'air d'un dieu somptueusement vêtu et répandant autour de lui un parfum capiteux. En revenant du grenier, il jeta vers son père deux feuilles qui s'étaient détachées en chemin. Il ne dit pas qu'elles avaient été mal enfilées, mais le reproche était sous-entendu.

L'aiguille de Marcelin glissa sur une nervure et s'enfonça profondément à la base de son pouce. Il pressa la chair et fut surpris de voir à peine suinter un peu de liquide rosé.

— Je me suis piqué, pourtant ça ne saigne pas.

— Si c'était grave, ça saignerait, dit Freddy.

Et les guirlandes étant toutes suspendues au grenier, il s'en fut examiner la disqueuse.

Marcelin était heureux que Léa n'ait pas vu son mari habillé de feuilles de tabac. C'était un sentiment absurde; elle avait dû le contempler déjà bien des fois transformé en dieu Pan; mais il préférait pourtant qu'elle ne se soit pas trouvée là.

— Je viens de m'enfoncer l'aiguille dans le pouce, fit-il lorsqu'elle revint du poulailler, c'est curieux, ça ne saigne pas. Peut-être à cause de la nicotine.

Elle prit la main qu'il lui tendait et l'examina.

— Avec ce jus poisseux, on n'y voit pas grand-chose, fit-elle.

Et elle laissa retomber la main blessée.

Quelques semaines auparavant, au cœur de l'été, lorsqu'il avait été piqué à l'épaule par une abeille qui s'était glissée sous sa chemise, elle avait été beaucoup plus tendre. Elle avait retiré le dard et avait sucé la plaie longuement, fortement aspiré le venin. Freddy était arrivé sur ces entrefaites.

— Père vient d'être piqué par une abeille, avait dit Léa.

Rien de nouveau n'était né, mais tout s'était obscurément révélé, tout s'était gâté ce jour-là.

like a god richly dressed and spreading a heady perfume around him. When he returned from the loft he threw back at his father two leaves that had come off on the way. He didn't say that they had been badly strung, but the reproach was implied.

Marcelin's needle slipped on the leaf rib and went deeply into the base of his thumb. He pressed the flesh and was surprised to see a little pink liquid slightly oozing from it.

'I've pricked myself, but it's not bleeding.'

'If it was serious it would bleed,' Freddy said.

And as the garlands were all hanging in the loft, he went off to inspect the disk harrow.

Marcelin was glad Léa hadn't seen her husband dressed in tobacco leaves. It was an absurd feeling; she must have already watched him many times transformed into the god Pan; but he preferred her not to be there.

'I've just stuck the needle into my thumb,' he said when she came back from the hen-roost, 'it's odd, it's not bleeding. Perhaps it's because of the nicotine.'

She took his hand which he was holding out to her and examined it.

'I can't see much, with sticky juice like this,' she said.

And she dropped the hand which he had hurt.

A few weeks earlier, in the middle of the summer, when he had been stung on the shoulder by a bee which had got under his shirt, she had been much gentler. She had pulled out the sting and had sucked the wound for a long time, drawing in the poison. Freddy had come while this was going on.

'Father has just been stung by a bee,' Léa had said.

Nothing new had happened but everything had been revealed darkly, everything had gone wrong that day.

La lumière avait décliné et, bien qu'il ne fût pas tard, la nuit tombait déjà. Absorbé par la besogne, Marcelin ne s'en aperçut que lorsque Léa alluma la lampe.

— Je me demande comment vous pouvez tenir enfermé dans cette pièce, dit-elle. L'odeur me rend malade. Je vais ouvrir la fenêtre.

Lorsque Freddy revint, elle respirait largement et contemplait la cour enténébrée et déserte.

— Tu te reposes? Tu prends le frais? fit-il durement. Y a donc rien à faire à la maison?

— L'odeur de tabac. L'orage. J'étouffe, dit Léa. Il me semble que je vais me trouver mal.

Il y eut un silence. Elle ajouta:

— Les feuilles de tabac sont maintenant à l'abri.

— Elles sont à l'abri, mais elles sont pas toutes enfilées et elles s'esquintent le long du mur, tu le sais bien. Depuis ce matin, tu perds ton temps. Ce n'est pourtant pas la besogne qui manque. Seul, j'ai beau me crever, je peux pas tout faire.

Léa prit une corbeille et sortit. Son visage était devenu tout à fait inexpressif et très pâle.

— Elle est peut-être fatiguée, dit le père. Le travail de ferme est pénible; elle n'y était pas habituée.

— Ne te mêle pas de ça. C'est un conseil que je te donne, dit Freddy.

Marcelin attendit le retour de Léa. Alors il se leva et dit qu'un camarade de régiment devait arriver le lendemain de bonne heure. Il avait oublié cette visite. Force lui était de repartir immédiatement par le car du soir.

— Tu n'as que le temps, dit Freddy.

Le père étala ses deux mains tachées de jus de tabac.

— Il me faut tout de même les laver, fit-il.

Les yeux de Léa devinrent miroitants.

The light had dimmed and although it wasn't late, night was already falling. Absorbed in the work, Marcelin only noticed it when Léa put the light on.

'I wonder how you can go on shut up in this room,' she said. 'The smell makes me sick. I'll open the window.'

When Freddy came back, she was breathing deeply and watching the dark deserted yard.

'Having a rest? Enjoying the fresh air?' he said sharply. 'Is there nothing for you to do in the house?'

'It's the tobacco smell. The storm. I'm stifling,' Léa said, 'I think I'm going to be sick.'

There was a silence. She added:

'The tobacco leaves are under cover now.'

'They are under cover, but they're not all strung and they'll rot along the wall, as you know. You've been wasting your time since this morning. Yet there's plenty of work for you to do. It's no good my slaving away by myself; I can't do everything on my own.'

Léa took a bucket and went out. Her face had become quite expressionless and very pale.

'Perhaps she's tired,' the father said. 'Farm work is hard; she wasn't used to it.'

'Mind your own business. That's the advice I'm giving you,' Freddy said.

Marcelin waited for Léa's return. Then he got up and said that an old friend from his regiment was due to come early the next morning. He had forgotten about this visit. He would have to return at once on the evening bus.

'You've only just got time,' said Freddy.

The father displayed both of his hands stained with tobacco juice.

'Let me wash them at least,' he said.

Léa's eyes became shiny.

– Cette odeur, fit-elle, je ne peux plus supporter cette odeur.

Sa voix était faible, hésitante, comme si elle allait pleurer.

– L'air me ferait peut-être du bien. Si je descendais accompagner père et lui porter sa valise.

– Laisse, dit Freddy. J'y vais. J'en profiterai pour tuer quelques corbeaux s'il y en a encore au-dessus des terres labourées.

Il décrocha son fusil, passa la bretelle sur son épaule et saisit la valise.

– Au revoir, père, balbutia Léa.

Et elle effleura de ses lèvres une joue de Marcelin.

– Vite, dit Freddy, on n'a pas de temps à perdre.

Dans le chemin pierreux Marcelin avançait d'autant plus malaisément que la faible lumière ne permettait de voir ni les ornières ni les cailloux. Devant lui, Freddy avançait d'un pas rapide et triomphant. Un éclair, le premier, embrasa le ciel plein de nuées à l'Occident. Un roulement de tonnerre suivit presque aussitôt et se prolongea dans la vallée. Et puis la pluie se mit à tomber; de grosses gouttes, mais clairsemées. Lorsque, traînée pâle en bas du coteau, la route fut en vue:

– Rentre, dit le père. Inutile de te mouiller. Je suis capable de faire le reste du chemin tout seul.

Il prit la valise, attendit une seconde avec l'espoir d'un mot, d'un serrement de main; mais Freddy se tut et ne fit pas un geste.

– Rentre vite, répéta Marcelin; l'averse ne va pas tarder.

Il fit une dizaine de pas et entendit claquer un coup de feu dans son dos. Il se retourna. Freddy brandissait le fusil au bout de son bras comme un trophée et éclatait d'un grand rire sauvage.

'That smell,' she said, 'I can't stand that smell any longer.'

Her voice was weak, hesitant, as though she was going to cry.

'The air would do me good perhaps. I could go with father and carry his suitcase.'

'No you won't,' said Freddy. 'I'll go. I'll use the time to kill a few crows, if there still are any over the ploughed fields.'

He took down his gun, slung it across his shoulder and picked up the suitcase.

'Goodbye, father,' Léa mumbled.

She touched one of Marcelin's cheeks with her lips.

'Quick,' Freddy said, 'there's no time to lose.'

On the stony lane Marcelin found walking difficult as he couldn't see the ruts or the pebbles in the dim light. In front of him Freddy walked quickly and triumphantly. A flash of lightning, the first one, lit up the sky which was full of rain-clouds in the west. A roll of thunder followed almost at once and re-echoed in the valley. And then the rain began falling; big drops, but scattered. When the main road came into sight, a pale trail at the bottom of the hill, the father said:

'Go home, there's no need to get wet. I am quite capable of doing the rest on my own.'

He took the suitcase, waited a moment hoping for a word, for a handshake; but Freddy said nothing and made no gesture.

'Go home quickly,' Marcelin repeated; 'There'll be a downpour any minute.'

He took a dozen steps forward and heard a shot at his back. He turned round. Freddy was brandishing the gun at arm's length like a trophy and bursting out in a huge wild laugh.

Le père reprit sa marche. Le souci de ne pas courber l'échine, de ne pas se hâter l'empêchait de penser, l'empêchait de souffrir. Sa canne sonnait régulièrement sur le chemin, tandis qu'au-dessus de lui se déchaînait enfin l'orage.

The father started walking again. He had to take care not to bend his back, not to hurry, and this prevented him from thinking, prevented him from suffering. His stick rang out on the road at regular intervals while above him the storm was finally breaking.

# THE ANTS

## BORIS VIAN

### *Translated by Rawdon Corbett*

# LES FOURMIS

## I

On est arrivés ce matin et on n'a pas été bien reçus, car il n'y avait personne sur la plage que des tas de types morts ou des tas de morceaux de types, de tanks et de camions démolis. Il venait des balles d'un peu partout et je n'aime pas ce désordre pour le plaisir. On a sauté dans l'eau, mais elle était plus profonde qu'elle n'en avait l'air et j'ai glissé sur une boîte de conserves. Le gars qui était juste derrière moi a eu les trois quarts de la figure emportée par le pruneau qui arrivait, et j'ai gardé la boîte de conserves en souvenir. J'ai mis les morceaux de sa figure dans mon casque et je les lui ai donnés, il est reparti se faire soigner mais il a l'air d'avoir pris le mauvais chemin parce qu'il est entré dans l'eau jusqu'à ce qu'il n'ait plus pied et je ne crois pas qu'il y voie suffisamment au fond pour ne pas se perdre.

J'ai couru ensuite dans le bon sens et je suis arrivé juste pour recevoir une jambe en pleine figure. J'ai essayé d'engueuler le type, mais la mine n'en avait laissé que des morceaux pas pratiques à manœuvrer, alors j'ai ignoré son geste, et j'ai continué.

Dix mètres plus loin, j'ai rejoint trois autres gars qui étaient derrière un bloc de béton et qui tiraient sur un coin de mur, plus haut. Ils étaient en sueur et trempés d'eau et je devais être comme eux, alors je me suis agenouillé et j'ai tiré aussi. Le lieutenant est revenu, il tenait sa tête à deux mains et ça coulait rouge de sa bouche. Il n'avait pas l'air content et il a vite été s'étendre sur le sable la bouche ouverte et les bras en avant. Il a dû salir le sable pas mal. C'était un des seuls coins qui restaient propres.

# THE ANTS

WE arrived this morning and we weren't exactly given a welcome because there was no one on the beach but piles of dead men, or piles of bits of men, tanks and blown-up lorries. Bullets were coming from all round, and personally I don't care for this sort of untidiness. We jumped into the water, but it was deeper than it looked and I slipped on a tin can. The chap just behind me had three quarters of his face blown off by a bullet and I kept the can as a souvenir. I put the bits of his face into my helmet and gave them to him. He went off to get treatment, but it seems he must have gone the wrong way because he went into the water until he was out of his depth and I don't think he could see well enough at the bottom to avoid getting lost.

Then I ran off in the right direction and arrived just in time to get someone's leg right in my face. I tried to swear at the owner, but the mine had only left pieces of him, which it was impossible to get any response out of, so I ignored his gesture and went on.

Ten metres further I met up with three other lads who were behind a block of concrete shooting at a corner of the wall higher up. They were sweating and soaking wet and I must have been in the same state, so I knelt down and shot too. The lieutenant came back. He was holding his head in his hands and there was a stream of red running from his mouth. He didn't look too happy and quickly went to lie down on the sand with his mouth open and his arms sticking out in front of him. He must have made a real mess

De là notre bateau échoué avait l'air d'abord complètement idiot, et puis il n'a plus même eu l'air d'un bateau
quand les deux obus sont tombés dessus. Ça ne m'a pas plu,
parce qu'il restait encore deux amis dedans, avec les balles
reçues en se levant pour sauter. J'ai tapé sur l'épaule des
trois qui tiraient avec moi, et je leur ai dit : « Venez, allons-y ».
Bien entendu, je les ai fait passer d'abord et j'ai eu le nez
creux parce que le premier et le second ont été descendus
par les deux autres qui nous canardaient, et il en restait
seulement un devant moi, le pauvre vieux, il n'a pas eu de
veine,[1] sitôt qu'il s'est débarrassé du plus mauvais, l'autre a
juste eu le temps de le tuer avant que je m'occupe de lui.

Ces deux salauds, derrière le coin du mur, ils avaient une
mitrailleuse et des tas de cartouches. Je l'ai orientée dans
l'autre sens et j'ai appuyé mais j'ai vite arrêté parce que ça
me cassait les oreilles et aussi elle venait de s'enrayer. Elles
doivent être réglées pour ne pas tirer dans le mauvais sens.

Là, j'étais à peu près tranquille. Du haut de la plage, on
pouvait profiter de la vue. Sur la mer, ça fumait dans tous
les coins et l'eau jaillissait très haut. On voyait aussi les
éclairs des salves de gros cuirassés et leurs obus passaient
au-dessus de la tête avec un drôle de bruit sourd, comme
un cylindre de son grave foré dans l'air.

Le capitaine est arrivé. On restait juste onze. Il a dit que
c'était pas beaucoup mais qu'on se débrouillerait comme
ça.[2] Plus tard, on a été complétés. Pour l'instant, il nous a
fait creuser des trous ; pour dormir, je pensais, mais non, il
a fallu qu'on s'y mette et qu'on continue à tirer.

of the sand. It was one of the few places that had stayed clean.

From this point our boat, which had been beached, looked completely idiotic at first, and then it didn't even look like a boat at all when the two shells fell on it. I didn't like that because two of my friends were still inside it, with the bullets which had hit them when they stood up to jump still inside them. I tapped the three of them who were shooting with me on the shoulder and said: 'Come on, let's go.' Naturally, I made them go first and I must have had second sight because the first and second men were both shot down by the two people who were sniping at us and so there was only one left in front of me. Poor sod, as soon as he'd got rid of the worse of the two, the other one just had time to kill him before I took care of him in his turn.

Those two bastards behind the corner of the wall had a machine gun and heaps of cartridges. I turned it in the opposite direction and opened fire but I stopped quickly because the noise was deafening and also it had just jammed. They have to be adjusted not to shoot in the wrong direction.

Here I was more or less undisturbed. From high up on the beach one could enjoy the view. The sea was smoking everywhere and the water was spouting high up into the air. Also, you could see the flashes made by the firing of the battleships, and their shells passed over your head with a funny sort of muffled noise, like a cylinder of deep sound boring through the atmosphere.

The captain arrived. There were just eleven of us left. He said it wasn't many but that we'd manage. Later the others arrived. For the present he made us dig holes. I thought they were for sleeping in, but no, we had to get into them and keep shooting.

Heureusement, ça s'éclaircissait. Il en débarquait maintenant de grosses fournées des bateaux, mais les poissons
leur filaient entre les jambes pour se venger du remue-
ménage et la plupart tombaient dans l'eau et se relevaient
en râlant comme des perdus. Certains ne se relevaient pas
et partaient en flottant avec les vagues et le capitaine nous a
dit aussitôt de neutraliser le nid de mitrailleuses, qui venait
de recommencer à taper, en progressant derrière le tank.

On s'est mis derrière le tank. Moi le dernier parce que je
ne me fie pas beaucoup aux freins de ces engins-là. C'est
plus commode de marcher derrière un tank tout de même
parce qu'on n'a plus besoin de s'empêtrer dans les barbelés
et les piquets tombent tout seuls. Mais je n'aimais pas sa
façon d'écrabouiller les cadavres avec une sorte de bruit
qu'on a du mal à se rappeler – sur le moment, c'est assez
caractéristique. Au bout de trois minutes, il a sauté sur une
mine et s'est mis à brûler. Deux des types n'ont pas pu
sortir et le troisième a pu, mais il restait un de ses pieds
dans le tank et je ne sais pas s'il s'en est aperçu avant de
mourir. Enfin, deux de ses obus étaient déjà tombés sur le
nid de mitrailleuses en cassant les œufs et aussi les bons-
hommes. Ceux qui débarquaient ont trouvé une améliora-
tion, mais alors une batterie antichars s'est mise à cracher à
son tour et il en est tombé au moins vingt dans l'eau. Moi,
je me suis mis à plat-ventre. De ma place, je les voyais
tirer en me penchant un peu. La carcasse du tank qui
flambait me protégeait un peu et j'ai visé soigneusement. Le
pointeur est tombé en se tortillant très fort, j'avais dû taper
un peu trop bas, mais je n'ai pas pu l'achever, il fallait
d'abord que je descende les trois autres. J'ai eu du mal,
heureusement le bruit du tank qui flambait m'a empêché
de les entendre beugler – j'avais mal tué le troisième aussi.

Luckily the air was clearing. Now there were great swarms landing from the boats, but the fish swam between their legs to get revenge for all the commotion we were causing and most of the men fell into the water and came up again choking and gasping for all they were worth. Some didn't come up at all and floated away in the waves and the captain ordered us to put the machine-gun nest, which had just started firing again, out of action at once, by moving up under cover of the tank.

We got behind the tank. I was last because I don't trust the brakes on those machines. Even so, it's easier to walk behind a tank because you don't need to bother any more about getting tangled up in the barbed wire and the stakes in the ground just topple over. But I didn't like its way of squashing the corpses, with a sort of noise which it's difficult to recall exactly – at the time it's quite distinctive. Three minutes later the tank set off a mine and started burning. Two of the occupants couldn't get out and the third could, but one of his feet stayed behind in the tank and I don't know if he noticed before he died. Anyway, two of his shells had already fallen on the machine-gun nest, smashing up the occupants and their eggs too. The soldiers who were still landing found things slightly improved, but then an anti-tank battery started blasting away in its turn and at least twenty men fell into the water. Personally, I went down flat on my stomach. From this position I could see them firing if I leaned forward a little. The wreck of the burning tank gave me some protection and I aimed carefully. The gunner fell in convulsions. I must have hit him a bit low but I couldn't finish him off as I had to get the other three first. I had a hard job. Luckily the noise of the burning tank stopped me from hearing them howling – I'd made a mess of killing the third one

Du reste ça continuait à sauter et à fumer de tous les côtés. J'ai frotté mes yeux un bon coup pour y voir mieux parce que la sueur m'empêchait de voir et le capitaine est revenu. Il ne se servait que de son bras gauche. «Pouvez-vous me bander le bras droit très serré autour du corps?» J'ai dit oui et j'ai commencé à l'entortiller avec les pansements et puis il a quitté le sol des deux pieds à la fois et il m'est tombé dessus parce qu'il était arrivé une grenade derrière lui. Il s'est raidi instantanément, il paraît que ça arrive quand on meurt très fatigué, en tous cas c'était plus commode pour l'enlever de sur moi. Et puis j'ai dû m'endormir et quand je me suis réveillé, le bruit venait de plus loin et un de ces types avec des croix rouges tout autour du casque me versait du café.

2

Après, on est partis vers l'intérieur et on a essayé de mettre en pratique les conseils des instructeurs et les choses qu'on a apprises aux manœuvres. La jeep de Mike est revenue tout à l'heure. C'est Fred qui conduisait et Mike était en deux morceaux; avec Mike, ils avaient rencontré un fil de fer. On est en train d'équiper les autres bagnoles avec une lame d'acier à l'avant parce qu'il fait trop chaud pour qu'on roule avec les pare-brises relevés. Ça crache encore dans tous les coins et on fait patrouille sur patrouille. Je crois qu'on a avancé un peu trop vite et on a du mal à garder le contact avec le ravitaillement. Ils nous ont bousillé au moins neuf chars ce matin et il est arrivé une drôle d'histoire, le bazooka d'un type est parti avec la fusée et lui restait accroché derrière par la bretelle. Il a attendu d'être à quarante mètres et il est descendu en parachute. Je crois qu'on va être obligés de demander du renfort parce que

too. On top of this things were exploding and smoking on all sides. I gave my eyes a good rub to be able to see better as I was being blinded by sweat and the captain came back. He could only use his left arm. 'Can you bandage my right arm very close to my body?' I said yes and started to wrap him up in bandages and then both his feet left the ground at the same time and he fell on top of me because a grenade had landed just behind him. His body went stiff at once: it seems that happens if you die when you're very tired. In any case it made it easier to lift him off me. And then I must have fallen asleep and when I woke up the noise was further away and one of those chaps with red crosses all round his helmet was pouring me a coffee.

## 2

Afterwards we headed inland and we tried to put into practice the advice our instructors had given us and the things we had learned on manoeuvres. Mike's jeep came back just now. Fred was driving and Mike was in two pieces; they'd run into some wire. They're just fitting steel blades on the front of the other jeeps because it's too hot to drive with your windscreen up. There's still shooting all over the place and we go on patrol after patrol. I think we've advanced a bit too quickly and we're having difficulty in keeping in touch with our supplies. They've smashed up at least nine of our tanks for us this morning and a funny thing happened. One chap's bazooka flew away when he fired it and he stayed hooked onto it by the sling. He waited till he was forty metres up and then came down by his parachute. I think we're going to have to ask for reinforcements because I've just heard a noise like a great

je viens d'entendre comme un grand bruit de sécateur, ils
ont dû nous couper de nos arrières . . .

### 3

. . . Ça me rappelle il y a six mois quand ils venaient de
nous couper de nos arrières. Nous devons être actuellement
complètement encerclés, mais ce n'est plus l'été. Heureusement, il nous reste de quoi manger et il y a des munitions.
Il faut qu'on se relaye toutes les deux heures pour monter la
garde, ça devient fatigant. Les autres prennent les uni-
formes des types de chez nous qu'ils font prisonniers et se
mettent à s'habiller comme nous et on doit se méfier.
Avec tout ça, on n'a plus de lumière électrique et on reçoit
des obus sur la figure des quatre côtés à la fois. Pour le
moment, on tâche de reprendre le contact avec l'arrière; il
faut qu'ils nous envoient des avions, nous commençons à
manquer de cigarettes. Il y a du bruit dehors, il doit se
préparer quelque chose, on n'a même plus le temps de
retirer son casque.

### 4

Il se préparait bien quelque chose. Quatre chars sont
arrivés presque jusqu'ici. J'ai vu le premier en sortant, il
s'est arrêté aussitôt. Une grenade avait démoli une de ses
chenilles, elle s'est déroulée d'un coup avec un épouvant-
able bruit de ferraille, mais le canon du char ne s'est pas
enrayé pour si peu. On a pris un lance-flammes; ce qui est
embêtant avec ce système-là, c'est qu'il faut fendre la
coupole du char avant de se servir du lance-flammes, sans
ça, il éclate (comme les châtaignes) et les types à l'intérieur
sont mal cuits. A trois, on a été fendre la coupole avec une

pair of secateurs closing. They must have cut us off from our rear. . . .

### 3

. . . It reminds me of six months ago when they'd just cut us off from our rear. We must be completely surrounded now but it's not summer any more. Luckily we still have some food and ammunition. We have to take it in turns to do guard duty every two hours; it gets tiring. The others take the uniforms from our chaps when they capture them and dress up like us and we have to take care. And on top of that we have no more electric light and shells are coming at us from all sides at once. For the moment we're trying to make contact with the rearguard again. They'll have to send us planes, we're starting to run out of cigarettes. There's a lot of noise outside. Something must be brewing. You don't even have time to take your helmet off any more.

### 4

Something was brewing. Four tanks got almost right up to where we are. I saw the first one as I went out. It stopped immediately. A grenade had smashed one of its tracks which suddenly unrolled with a terrible rattling noise. But a little thing like that didn't stop its gun. We got a flamethrower. The annoying thing about those is that you have to split the turret of the tank open before you use the flamethrower, otherwise it just explodes like a chestnut and the blokes inside are underdone. Three of us set about cutting open the turret with a hacksaw but two

scie à métaux, mais deux autres chars arrivaient, et il a bien fallu le faire sauter sans le fendre. Le second a sauté aussi et le troisième a fait demi-tour, mais c'était une feinte, parce qu'il était arrivé en marche arrière; aussi, ça nous étonnait un peu de le voir tirer sur les types qui le suivaient. Comme cadeau d'anniversaire, il nous a envoyé douze obus de 88; il faudra reconstruire la maison si on veut s'en resservir, mais cela ira plus vite d'en prendre une autre. On a fini par se débarrasser de ce troisième char en chargeant un bazooka avec de la poudre à éternuer et ceux à l'intérieur se sont tellement cognés le crâne sur le blindage qu'on n'a sorti que des cadavres. Seul le conducteur vivait encore un peu mais il s'était pris la tête dans le volant sans pouvoir la retirer, alors plutôt que d'abîmer le char qui n'avait rien, on a coupé la tête du type. Derrière le char, des motocyclistes avec des fusils-mitrailleurs se sont amenés en faisant un foin du diable, mais on a réussi à en venir à bout grâce à une vieille moissonneuse-lieuse.[3] Pendant ce temps-là, il nous arrivait aussi sur la tête quelques bombes, et même un avion que notre D.C.A.[4] venait d'abattre sans le faire exprès, parce qu'en principe, elle tirait sur les chars. Nous avons perdu dans la compagnie Simon, Morton, Buck et P.C., et il nous reste les autres et un bras de Slim.

5

Toujours encerclé. Il pleut maintenant sans arrêt depuis deux jours. Le toit n'a plus qu'une tuile sur deux, mais les gouttes tombent juste où il faut et nous ne sommes pas vraiment mouillés. Nous ne savons absolument pas combien de temps cela va encore durer. Toujours des patrouilles, mais c'est assez difficile de regarder dans un périscope sans entraînement et c'est fatigant de rester avec

other tanks arrived and we had to blow it up without cutting it open. The second one blew up as well and the third turned round, but it was a trick because it came at us in reverse; and we were quite surprised to see them shooting at their own men who were following behind. They sent us a dozen 88 mm shells as a birthday present. We'll have to rebuild the house if we want to use it again, but it will be quicker to get another one. We finally got rid of this third tank by loading a bazooka with sneezing powder and the people inside banged their heads on the armour plating so hard that they were all dead when we got them out. Only the driver was still just alive, but he'd got his head inextricably caught in the steering apparatus, so rather than spoil the tank, which was quite O.K., we cut his head off. Motorcyclists with light machine guns came up in the wake of the tank making a terrible din but we managed to finish them off thanks to an old reaper-binder. During this time we also got some bombs dropped on us and even an aeroplane which our own ack-ack had just shot down unintentionally, as it was supposed to be shooting at the tanks. We lost Simon, Morton, Buck and P.C. from the company and we still have the others and one of Slim's arms.

5

Still surrounded. It's now been raining for two days without stopping. The roof has only one tile left out of every two but the raindrops fall just in the right places and we're not really wet. We have absolutely no idea how long this will last. We still go on patrols but it's quite difficult to look through a periscope when you haven't been trained for it and it's exhausting to stay with mud over your head for

de la boue par-dessus la tête plus d'un quart d'heure. Nous avons rencontré hier une autre patrouille. Nous ne savions pas si c'étaient les nôtres ou ceux d'en face, mais sous la boue, on ne risquait rien à tirer parce qu'il est impossible de se faire mal, les fusils explosent tout de suite. On a tout essayé pour se débarrasser de cette boue. On a versé de l'essence dessus; en brûlant, ça fait sécher, mais après on se cuit les pieds en passant dessus. La vraie solution consiste à creuser jusqu'à la terre ferme, mais c'est encore plus difficile de faire des patrouilles dans de la terre ferme que dans de la boue. On finirait par s'en accommoder tant bien que mal. L'ennuyeux est qu'il en est venu tant qu'elle se met à avoir des marées. Actuellement, ça va, elle est à la barrière, malheureusement, tout à l'heure, elle remontera de nouveau au premier étage, et ça, c'est désagréable.

## 6

Il m'est arrivé ce matin une sale aventure. J'étais sous le hangar derrière la baraque en train de préparer une bonne plaisanterie aux deux types que l'on voit très bien à la jumelle en train d'essayer de nous repérer. J'avais un petit mortier de 81 et je l'arrangeais dans une voiture d'enfant et Johnny devait se camoufler en paysanne pour la pousser, mais d'abord, le mortier m'est tombé sur le pied; ça ce n'est rien d'autre que ce qui m'arrive tout le temps en ce moment, et ensuite, le coup est parti pendant que je m'étalais en tenant mon pied, et il est allé éclater un de ces machins à ailettes au deuxième étage, juste dans le piano du capitaine qui était en train de jouer Jada.[5] Ça a fait un bruit d'enfer, le piano est démoli, mais le plus embêtant, le capitaine n'avait rien, en tous cas rien de suffisant pour l'empêcher de taper dur. Heureusement, tout de suite

more than a quarter of an hour. Yesterday we met another patrol. We didn't know if it was ours or the opposition's but in any case there was no danger in firing under mud because you couldn't hurt each other. The rifles just fall apart at once. We've tried everything to get rid of the mud. We've even poured petrol on it; burning makes it dry out, but afterwards you scorch your feet when you walk on it. The real answer of course is to dig until you come to solid earth, but it's even more difficult to go on patrols in solid earth than it is in mud. I suppose we'll just about get used to it in the end. The drag is that there's so much of it it's started to become tidal. Just now it's all right, it's up to the fence, but unfortunately it will pretty soon be up to the first floor again and that is unpleasant.

6

A nasty thing happened to me this morning. I was in the shed behind our old hovel preparing a nice surprise for two blokes you could see quite clearly through binoculars in the process of trying to pick us off. I had a little 81 mortar and I was setting it up in a pram, then Johnny was going to disguise himself as a peasant woman to push it, but first of all the mortar fell on my foot. In itself that's no more than the sort of thing that keeps happening to me just at the moment, but then, while I was on the ground holding my foot, the thing went off and one of those winged objects exploded on the second floor right in the captain's piano while he was playing 'Jada'. It made a terrible noise and the piano was blown to pieces, but the worst thing was that nothing happened to the captain, at least not enough to stop him from handing out a good hiding. Luckily an

après il est arrivé un 88 dans la même chambre. Il n'a pas pensé qu'ils s'étaient repérés sur la fumée du premier coup et il m'a remercié en disant que je lui avais sauvé la vie en le faisant descendre; pour moi, ça n'avait plus aucun intérêt à cause de mes deux dents cassées, aussi parce que toutes ses bouteilles étaient juste sous le piano.

On est de plus en plus encerclés, ça nous dégringole dessus sans arrêt. Heureusement, le temps commence à se dégager, il ne pleut guère que neuf heures sur douze, d'ici un mois, on peut compter sur du renfort par avion. Il nous reste trois jours de vivres.

### 7

Les avions commencent à nous lancer des machins par parachute. J'ai eu une déception en ouvrant le premier, il y avait dedans une flopée de médicaments. Je les ai échangés au docteur contre deux barres de chocolat aux noisettes, du bon, pas cette saloperie des rations, et un demi-flask de cognac, mais il s'est rattrapé en m'arrangeant mon pied écrabouillé. J'ai dû lui rendre le cognac, sans ça je n'aurais plus qu'un pied à l'heure qu'il est. Ça se met de nouveau à ronfler là-haut, il y a une petite éclaircie et ils envoient encore des parachutes, mais cette fois, ce sont des types, on dirait.

88 mm shell landed in the same room immediately afterwards. He didn't realize that they'd aimed at the smoke caused by the first explosion and he thanked me, saying I'd saved his life by making him come downstairs. Personally I wasn't the least bit interested because of my two broken teeth and also because all his bottles were kept just under the piano.

We're more hemmed in than ever now. We're being bombarded incessantly from all sides. Luckily the weather is starting to clear up. Now it only rains nine hours out of every twelve. We can count on a plane bringing reinforcements in a month's time. We've got three days' rations left.

7

The planes have started to send us things by parachute. I had a big disappointment when I opened the first parcel – there was a great load of medical supplies in it. I exchanged them with the doctor for two bars of nut chocolate (the real thing, not the rubbish you get with your rations) and half a bottle of cognac. But he got his own back when he treated me for my squashed foot. I had to give him back the cognac, otherwise at the time of writing I'd only have one foot left. The engines are starting to drone overhead again. There's a break in the clouds and they're sending us more parachutes, only this time it seems there are men on them.

## 8

C'étaient bien des types. Il y en a deux rigolos. Il paraît qu'ils ont passé tout le trajet à se faire des prises de judo, à se flanquer des marrons, à se rouler sous tous les sièges. Ils ont sauté en même temps et ils ont joué à se couper, au couteau, les cordes de leurs parachutes. Malheureusement, le vent les a séparés, alors ils ont été obligés de continuer à coups de fusil. J'ai rarement vu d'aussi bons tireurs. Tout de suite, on est en train de les enterrer parce qu'ils sont tombés d'un peu haut.

## 9

On est encerclés. Nos chars sont revenus et les autres n'ont pas tenu le coup. Je n'ai pas pu me battre sérieusement à cause de mon pied mais j'ai encouragé les copains. C'était très excitant. De la fenêtre, je voyais bien, et les parachutistes arrivés hier se démenaient comme des diables. J'ai maintenant un foulard en soie de parachute jaune et vert sur marron et ça va bien avec la couleur de ma barbe, mais demain, je vais me raser pour la permission de convalescence. J'étais tellement excité que j'ai balancé une brique sur la tête de Johnny qui venait d'en rater un, et actuellement, j'ai deux nouvelles dents de moins. Cette guerre ne vaut rien pour les dents.

## 10

L'habitude émousse les impressions. J'ai dit ça à Huguette – elles ont de ces noms – en dansant avec elle au Centre de la

8

They were men. Two of them are real comics. Apparently they spent the whole flight practising judo holds on each other, thumping each other and rolling under the seats. They jumped out at the same time and played at cutting the cords on each other's parachutes with knives. Unfortunately the wind separated them so they had to continue the contest with rifles. I've rarely seen such good shots. Soon we're going to bury them – they were a bit too high up when they fell.

9

We're surrounded. Our tanks came back and the opposition couldn't take it. I couldn't fight properly because of my foot but I cheered my mates on. It was great. I had a good view from the window and the parachutists who arrived yesterday fought like demons. I now have a scarf made out of parachute silk. It's green and yellow on a brown background and goes very well with the colour of my beard. But tomorrow I'll shave for my convalescent leave. I was so excited that I threw a brick at Johnny's head because he'd just missed one and now I have two more teeth missing. This war is no good at all for teeth.

10

Habit dulls the senses. I said so to Huguette (that's the sort of absurd name they have) while I was dancing with her

Croix-Rouge, et elle a répliqué: «Vous êtes un héros»,
mais je n'ai pas eu le temps de trouver une réponse fine
parce que Mac m'a tapé sur l'épaule, alors j'ai dû la lui
laisser. Les autres parlaient mal, et cet orchestre jouait
beaucoup trop vite. Mon pied me tracasse encore un peu
mais dans quinze jours c'est fini, on repart. Je me suis
rabattu sur une fille de chez nous, mais le drap d'uniforme,
c'est trop épais, ça émousse aussi les impressions. Il y a
beaucoup de filles ici, elles comprennent tout de même ce
qu'on leur dit et ça m'a fait rougir, mais il n'y a pas grand-
chose à faire avec elles. Je suis sorti, j'en ai trouvé tout de
suite beaucoup d'autres, pas le même genre, plus compré-
hensives, mais c'est cinq cents francs minimum, encore
parce que je suis blessé. C'est drôle, celles-là ont l'accent
allemand.

Après, j'ai perdu Mac et j'ai bu beaucoup de cognac. Ce
matin, j'ai horriblement mal à la tête à l'endroit où le
M.P.[6] a tapé. Je n'ai plus d'argent, parce qu'à la fin j'ai
acheté des cigarettes françaises à un officier anglais, je les ai
senties passer. Je viens de les jeter, c'est une chose dégoû-
tante, il a eu raison de s'en débarrasser.

## II

Quand vous sortez des magasins de la Croix-Rouge avec
un carton pour mettre les cigarettes, le savon, les sucreries
et les journaux, ils vous suivent des yeux dans la rue et je
ne comprends pas pourquoi, car ils vendent sûrement leur
cognac assez cher pour pouvoir s'en acheter aussi et leurs
femmes ne sont pas données non plus. Mon pied est
presque tout à fait guéri. Je ne crois pas rester encore longtemps ici. J'ai vendu les cigarettes pour pouvoir sortir un
peu et j'ai ensuite tapé Mac, mais il ne les lâche pas faci-

at the Red Cross Centre, and she replied: 'You are a hero' but I didn't have time to think of a good answer because Mac tapped me on the shoulder so I had to give her to him. The others were all badly spoken and the orchestra there played much too fast. My foot still bothers me a little but in a fortnight it will be all over and we'll be off again. I landed up with a girl from back home but our uniform material's too thick; that too dulls the senses. There are a lot of girls here. They do understand what you say to them, which is embarrassing, but really there's not much you can do with them. I went out and I soon found a lot of others, not the same type, more understanding, but it's five hundred francs minimum and even then only because I'm wounded. It's funny, these ones have German accents.

Afterwards I lost Mac and drank a lot of cognac. This morning I have a terrible headache where the M.P. hit me. I've no money left because at the end of the evening I bought some French cigarettes from an English officer and I really paid through the nose for them. I've just thrown them away. They're disgusting things. He was right to get rid of them.

II

When you leave the Red Cross shops with a box to put your cigarettes, soap, sweets and newspapers in they follow you in the street with their eyes and I don't understand why, for they must sell their cognac at a good enough price to be able to buy these things for themselves and their women aren't cheap either. My foot is almost completely better. I don't think I'll be able to stay here much longer. I sold some cigarettes so that I can go out a bit and then I borrowed some from Mac, but he doesn't

lement. Je commence à m'embêter. Je vais ce soir au cinéma avec Jacqueline, j'ai rencontré celle-là hier soir au club, mais je crois qu'elle n'est pas intelligente parce qu'elle enlève ma main toutes les fois et elle ne bouge pas du tout en dansant. Ces soldats d'ici m'horripilent, ils sont trop débraillés et il n'y en a pas deux qui portent le même uniforme. Enfin, il n'y a rien à faire qu'attendre ce soir.

## 12

De nouveau là. Tout de même, on s'embêtait encore moins en ville. On avance très lentement. Chaque fois qu'on a fini la préparation d'artillerie, on envoie une patrouille et chaque fois, un des types de la patrouille revient amoché par un tireur isolé. Alors, on recommence la préparation d'artillerie, on envoie les avions, ils démolissent tout, et deux minutes après les tireurs isolés recommencent à tirer. En ce moment, les avions reviennent, j'en compte soixante-douze. Ce ne sont pas de très gros avions, mais le village est petit. D'ici, on voit les bombes tomber en spirale et cela fait un bruit un peu étouffé, avec de belles colonnes de poussière. On va repartir à l'attaque, mais il faut d'abord envoyer une patrouille. Bien ma veine, j'en suis. Il y a à peu près un kilomètre et demi à faire à pied et je n'aime pas marcher si longtemps, mais dans cette guerre, on ne nous demande jamais de choisir. Nous nous tassons derrière les gravats des premières maisons et je crois que d'un bout à l'autre du village, il n'en reste pas une seule debout. Il n'a pas l'air de rester beaucoup d'habitants non plus et ceux que nous voyons font une drôle de tête quand ils l'ont conservée, mais ils devraient comprendre que nous ne pouvons pas risquer de perdre des hommes pour les sauver

like parting with them. I'm beginning to get bored. This evening I'm going to the cinema with Jacqueline. I met her last night at the club, but I don't think she's very bright because she's always pushing my hand away and she doesn't move when she dances. The soldiers here really get on my nerves. They're far too slovenly and no two of them are wearing the same uniform. Anyway, there's nothing to do but wait for this evening.

### 12

Back again. Even so, it was less boring in town. We're advancing very slowly. Every time we finish preparing the guns we send out a patrol and every time one of the chaps on the patrol comes back shot up by a sniper. So we start preparing the guns again, we send out the planes, they flatten everything and then two minutes later the snipers start shooting again. Just now the planes are coming back. I can count seventy-two of them. They're not very big planes but then the village is small. From here you can see the bombs spiralling down and they make rather a muffled noise with nice columns of dust. We're going to attack again soon but we have to send out a patrol first. Just my luck, I'm on it. There's about one and a half kilometres to go on foot and I don't like walking so far, but in this war you never have any choice. We pile in behind the debris of the first houses: I don't think there's a single one left standing from one end of the village to the other. There don't seem to be many of the inhabitants left either and the ones we do see make strange faces (when they've managed to keep them) but they ought to understand that we can't risk losing men to save them and their houses; most of the time they're very old and useless houses anyway. And be-

avec leurs maisons; les trois quarts du temps ce sont de très vieilles maisons sans intérêt. Et aussi, c'est le seul moyen pour eux de se débarrasser des autres. Ça, d'ailleurs, ils le comprennent en général, quoique certains pensent que ce n'est pas le seul moyen. Après tout, ça les regarde, et ils tenaient peut-être à leurs maisons, mais sûrement moins dans l'état où elles sont maintenant.

Je continue ma patrouille. Je suis encore le dernier, c'est plus prudent, et le premier vient de tomber dans un trou de bombe plein d'eau. Il en sort avec des sangsues plein son casque. Il a aussi ramené un gros poisson tout ahuri. En rentrant, Mac lui a appris à faire le beau et il n'aime pas le chewing-gum.

## 13

Je viens de recevoir une lettre de Jacqueline, elle a dû la confier à un autre type pour la mettre à la poste, car elle était dans une de nos enveloppes. Vraiment, c'est une fille bizarre, mais probablement toutes les filles ont des idées pas ordinaires. Nous avons reculé un peu depuis hier, mais demain, nous avançons de nouveau. Toujours les mêmes villages complètement démolis, ça vous donne le cafard. On a trouvé une radio toute neuve. Ils sont en train de l'essayer, je ne sais pas si réellement on peut remplacer une lampe par un morceau de bougie. Je pense que oui: je l'entends jouer *Chattanooga*, je l'ai dansé avec Jacqueline un peu avant de partir de là-bas. Je pense que je vais lui répondre si j'ai encore du temps. Maintenant, c'est Spike Jones; j'aime aussi cette musique-là et je voudrais bien que tout soit fini pour aller m'acheter une cravate civile avec des raies bleues et jaunes.

sides it's the only way for our people to clear the place. Most of them do understand this anyhow, even though some of them seem to think it isn't the only way. After all, it does concern them and perhaps they were attached to their houses, though they must be less so now they're in their present condition.

I continue on my patrol. I'm last again, it's wiser, and the leader has just fallen into a bomb crater full of water. He comes out of it with his helmet full of leeches. He also brought out a fat and astounded fish. On the way back Mac taught it to sit up and beg, and it turns out it doesn't like chewing gum.

## 13

I've just received a letter from Jacqueline. She must have given it to another chap to put in the post because it came in one of our envelopes. She really is a strange girl, but then all girls probably have funny ideas. We've retreated a bit since yesterday, but tomorrow we'll be advancing again. Still the same completely flattened villages: it's really depressing. We've found a brand new radio set. They're just trying it out. I don't know if you really can replace a valve with a bit of candle. I think so. I can hear it playing 'Chattanooga'. I danced it with Jacqueline shortly before I left the other place. I think I'll reply to her if I have time. Now it's Spike Jones; I like his music too and I wish everything was all over so that I could buy myself a tie with blue and yellow stripes in civvy street.

## 14

On repart tout à l'heure. De nouveau, nous sommes tout près du front et des obus se remettent à arriver. Il pleut, il ne fait pas très froid, la jeep marche bien. Nous allons en descendre pour continuer à pied.

Il paraît que ça commence à sentir la fin. Je ne sais pas à quoi ils voient ça, mais je voudrais tâcher de m'en sortir le plus commodément possible. Il y a encore des coins où on se fait accrocher dur. On ne peut pas prévoir comment ça va être.

Dans quinze jours, j'ai une nouvelle permission et j'ai écrit à Jacqueline de m'attendre. J'ai peut-être eu tort de le faire, il ne faut pas se laisser prendre.

## 15

Je suis toujours debout sur la mine. Nous étions partis ce matin en patrouille et je marchais le dernier comme d'habitude, ils sont tous passés à côté, mais j'ai senti le déclic sous mon pied et je me suis arrêté net. Elles n'éclatent que quand on retire son pied. J'ai lancé aux autres ce que j'avais dans mes poches et je leur ai dit de s'en aller. Je suis tout seul. Je devrais attendre qu'ils reviennent mais je leur ai dit de ne pas revenir, et je pourrais essayer de me jeter à plat ventre, mais j'aurais horreur de vivre sans jambes. . . . Je n'ai gardé que mon carnet et le crayon. Je vais les lancer avant de changer de jambe et il faut absolument que je le fasse parce que j'ai assez de la guerre et parce qu'il me vient des fourmis.[7]

## 14

We'll be leaving very soon. We're near the front again and the shells are starting to come at us once more. It's raining, it's not very cold, the jeep's working well. We're going to get out of it to go on on foot.

They say it's beginning to feel as if the end is near. I don't know what makes them think that but I'd like to try and get out of it with as little trouble as possible. There are still places where you can get into bad difficulties. You can't tell what it's going to be like.

I've got some more leave coming in a fortnight and I've written to Jacqueline and told her to wait for me. Perhaps I shouldn't have. You mustn't get involved.

## 15

I'm still standing on the mine. We'd set off this morning on patrol and I was last as usual. They all passed to the side of it but I felt the click under my foot and I stopped dead. They only go off when you lift your foot. I've thrown what I had in my pockets to the others and told them to go away. I'm all alone. I ought to wait for them to come back, but I've told them not to come back, and I could try and throw myself flat on my stomach, but I'd hate to live without legs ... I've only kept my notebook and pencil. I'm going to throw them away before I move onto the other leg and I shall have to do this soon because I've had enough of the war and because I'm getting pins and needles.

# THE DEAD MAN'S RETURN

C-F. RAMUZ

*Translated by Vivienne Menkes*

Ils mettent souvent longtemps à nous revenir. Ils ont leurs caprices.

Un homme dans un bateau fait signe de loin à Zumlauf qui est dans son bateau à lui, en avant de l'établissement de bains; et il semble que Zumlauf ait compris tout de suite ce qu'on lui voulait, ayant regardé cet autre qui levait le bras à son intention.

Et puis, avec la main, lui disait de venir sans rien dire, rapprochant sa main plusieurs fois de suite de sa figure.

Zumlauf n'a rien demandé.

Ils ne sont jamais pressés. L'eau les porte et les déporte. Ils se laissent faire par elle, qui obéit elle-même aux vents, et ils soufflent tantôt du nord, tantôt du sud, avec plus ou moins de persistance et de violence: c'est la bise, c'est le joran,¹ c'est toute espèce encore d'autres vents locaux qui ont chacun son nom et qui se succèdent sans ordre; alors, ces pauvres sont amenés du côté de la Savoie jusque dans le milieu du lac, font demi-tour, sont ramenés vers nous, et de nouveau poussés latéralement à la rive, longtemps, dans un rêve qu'ils font.

Ils descendent, ils remontent. Ils sont bus par la profondeur et avalés. Ils sont tirés vers en bas longuement, à travers l'épaisseur de l'eau et sa limpidité interminables, et il fait doucement bleu, puis verdâtre, et peu à peu on entre dans la nuit, avec un reste de lumière très loin au-dessus de

# THE DEAD MAN'S RETURN

THEY often take a long time to come back to us. They have their whims.

A man in a boat some distance away is signalling to Zumlauf, who is in his own boat just in front of the bathing establishment; and it looks as if Zumlauf has understood straight away what was wanted of him, once he'd taken a look at the other man raising his arm to beckon to him.

And then, gesturing with his hand, he was silently telling him to come over, raising his hand up to his face several times.

Zumlauf hasn't asked any questions.

They're never in a hurry. The water brings them in and carries them out again. They let themselves be borne along by the water, which must itself obey the winds, and these in their turn sometimes blow from the north, sometimes from the south, with varying persistence and strength: there's the northeast wind, the northwest wind, all kinds of other local winds, each with its own name and following one another in no particular sequence; and so the poor things are driven from the Savoy side right into the middle of the lake, then they swing round, are swept back towards us and again driven along, level with the shore, where they drift onwards for a long time, dreaming away.

They drift downwards and then back up again. The deep waters suck them down and swallow them. They are drawn slowly downwards, through the never-ending weight of limpid water, and there is a gentle blue light, then a greenish one and gradually you move into darkness, with

soi, qui elle-même s'éteint, comme au bout d'un long corridor dont on fermerait la porte.

Eux, ils continuent à descendre, les bras en l'air, les cheveux en l'air, cherchant ce fond qu'ils n'atteignent pas, leurs habits qui leur collent au corps, pris dans les algues, observés par les poissons qui s'approchent d'eux avec curiosité, les abordent de côté à cause de leur tête plate pour les voir de plus près, puis s'éloignent d'un coup de queue. Ils descendent, ils continuent à s'enfoncer, gagnant des régions où il n'y a plus d'algues, où les poissons eux-mêmes n'atteignent plus, les régions du complet silence, les régions où la lumière ne s'imagine même pas; et là basculent sur eux-mêmes, les pieds en l'air, les bras qui pendent vers en bas.

Zumlauf s'était mis aux rames dans son bateau aussi large que long, pareil à une moitié de courge, peint en vert.

Zumlauf ramait à grands coups dans la direction de l'autre navigateur qui l'attendait, penché par-dessus le bordage, et qui maintenait avec une rame quelque chose de noir contre son embarcation. C'est qu'ils finissent par revenir au jour. Ils retrouvent le soleil qui passe une main tiède sur leur visage extasié. Ils subissent sans étonnement, ni fatigue, son éclat de leurs yeux grands ouverts. Ils affrontent l'étincellement de ses rayons, semblables, à la cime des vagues, à des copeaux enflammés. Ils tiennent tête à l'astre. Ils ne se détournent pas de lui, flottant à la surface de l'eau, et recommencent avec indifférence leur voyage en tout sens, tantôt couchés sur le dos, tantôt couchés sur le ventre, le jour, la nuit, par le beau temps et par l'orage, montant et descendant au rythme de la vague, et vont docilement où que ce soit qu'il faut qu'ils aillent,

just one last glimmer of light far above, and then this too fades away like a door shutting at the end of a long corridor.

They continue to drift on downwards, arms raised, hair streaming out behind them, trying to find the bottom but never reaching it, their clothes cling to their bodies, catching in the weeds, watched by the fish who swim up to them inquisitively, approaching from the side to get a closer look because of their flat heads, and then swimming away with a flick of their tails. They go on downwards, still sinking, until eventually they reach a zone where there are no more weeds, where even the fish don't come, the regions of total silence, where you cannot even imagine what light is; and there they topple head over heels, with their feet sticking up in the air and their arms hanging downwards.

Zumlauf had settled himself at the oars of his boat, which was as broad as it was long and looked like a large half-marrow and was painted green.

Zumlauf was rowing with long strokes towards the other boatman, who was leaning over the planking waiting for him, holding something black against the side of the boat with one of his oars. Because they always do come back up to the daylight in the end. They come back up to the sun, which moves a tepid hand across their enraptured faces. Their eyes wide open, they endure its dazzling light without surprise or weariness. They brave the sparkling rays glittering on the crest of the waves like blazing woodshavings. They stare boldly back at the golden orb, not turning their gaze away but floating on the surface of the water, and then they continue unconcernedly on their way, moving hither and thither, sometimes lying on their backs, sometimes on their stomachs, day and night, in fair weather and in foul, rising and sinking

puis enfin nous reviennent. Et c'est pourquoi Zumlauf a demandé:

– Qui c'est?
– Sais pas, dit l'autre, un citoyen.[2]

Cet autre était un nommé Rochat, horloger de son métier, mais qui pêchait à l'occasion, n'ayant pas beaucoup d'ouvrage. Zumlauf lui a dit:[3]

– Tiens-le bien.

Puis il a empoigné sa gaffe. Elle s'est engagée dans quelque chose de désagrégé et de visqueux, des lambeaux de vêtements sont venus à la surface, mais Zumlauf lance sa gaffe encore une fois et cette fois elle a mordu. La faible épaisseur d'eau qu'il y avait entre le mort et nous a été[4] comme une vitre qu'on casse; le mort est venu montrer sa figure à l'air. Il n'avait plus de figure.

Il n'avait plus qu'une moitié de figure, l'autre étant toute rongée et dévorée, le crâne pelé, l'orbite vide, sans plus de moustache ni de barbe d'un côté, pendant que Zumlauf, ayant fixé son croc à l'arrière du bateau, ramait péniblement derrière Rochat vers la rive.

Le mort, dans le mouvement, se montrait presque tout entier, avec des pantalons qui étaient plats autour des jambes comme absentes, sous le beau soleil du soir, parmi les rires et les cris qui venaient de l'établissement de bains. C'est qu'un bateau à vapeur arrivait et les bateaux à vapeur, à ce point de leur parcours, passent tout près de la rive, tellement près qu'ils paraissent immenses, avec leurs deux ou trois étages, vous fonçant dessus, et le pilote est sur sa passerelle où il fait tourner une roue, et les aubes font un bruit de cascade, tandis que la cheminée dévide une énorme fumée noire, pareille à une tresse de crin qu'on détord.

rhythmically with the waves, docilely going wherever they are bidden, and then in the end coming back to us. And that's why Zumlauf asks:

'Who is it?'

'Don't know,' says the other, 'someone or other.' This other man was called Rochat, a watchmaker by trade, but he did some fishing now and again, because he didn't get much work. Zumlauf says to him:

'Hold him carefully.'

Then he takes hold of his boathook. It's got caught in something slimy and disintegrating; some scraps of clothing come to the surface, but Zumlauf casts his boat-hook out again and this time it bites into something. The thin layer of water separating us from the dead man seems like a pane of glass being shattered; the dead man comes up to show his face. He no longer had a face.

He only had half a face, the other half was all eaten away – the skull stripped bare, the eye-socket empty, one side of the moustache and beard missing; meanwhile Zumlauf had attached his boathook to the back of the boat and was rowing heavily towards the shore behind Rochat.

Jolting with the boat's motion, the dead man was almost wholly visible, his trousers flattened round his legs, which seemed to be missing, in the beautiful evening sun, amidst the laughter and shouts coming from the bathing establishment. A steamer was coming in and at this point on their route the steamers sail very close to the bank, so close that they look enormous, with their two or three decks one above the other, bearing down on you, and the helmsman is on his bridge turning a wheel and the paddles make a noise like a rushing waterfall while the funnel spews out an enormous plume of black smoke like a plait of horsehair being unravelled.

Zumlauf avait tiré le canot sur le plan incliné: le mort est venu à sa suite.

On n'osait pas le toucher; car, à présent, étant dans l'air et à mesure que l'eau se retirait de lui, il semblait se dissoudre tout en s'aplatissant, devenu une masse sans relief et gélatineuse.

Il a été couché sur le plan incliné, le visage tourné vers en haut, avec une demi-barbe et une demi-moustache, une seule longue pointe de moustache grise que l'eau tenait collée sur le côté de sa bouche ouverte, – méconnaissable.

Et pourtant déjà reconnu. Zumlauf est là; Zumlauf fait signe à Rochat de dessous sa casquette; Zumlauf cligne de l'œil. Zumlauf ôte sa belle casquette de navigateur à visière de cuir verni, et, se penchant vers le mort, l'a abaissée, cachant ainsi la partie du visage qui était en mauvais état.

Le mort alors est apparu avec son visage de vivant.

– Tu devines? dit Zumlauf.
– Bien sûr! a dit Rochat.
– Tu devines qui c'est?
– Le père Lambelet ... Ça n'allait plus avec ses enfants ...

Un agent de police s'est alors montré sur la rive. Zumlauf l'a appelé. On n'aura plus qu'un petit moment pour considérer celui qui est là, couché sur le dos, la tête plus haut que les pieds; – et il s'était retiré chez ses enfants, ne pouvant plus travailler, et voilà qu'il ne s'était pas entendu avec ses enfants.

En costume de travail, parce qu'on distinguait à présent, aux restes de son pantalon, qu'il avait été un pantalon de futaine brune, on distinguait que la chemise avait été une chemise bleue à rayures et que par-dessus il avait passé un gilet à manches de coutil dont il ne restait qu'une.

Zumlauf had dragged the boat up onto the sloping bank, the dead man following behind him.

They didn't dare touch him, for now that he was exposed to the air and the water was seeping out of him he seemed to be dissolving and flattening out and had become a shapeless, gluey mass.

They've laid him out on the slope, face up, with a half-moustache and a half-beard, and the single long point of his grey moustache stuck to the side of his open mouth because of the water – unrecognizable.

And yet he's already been recognized. Zumlauf is standing there; Zumlauf signals to Rochat from beneath his cap; Zumlauf winks. Zumlauf takes off his handsome boatman's cap with its patent-leather peak and, bending over the dead man, has lowered it so as to cover the battered side of his face.

And there he is now, with the face he had when he was alive.

'Can you guess?' says Zumlauf.

'Of course I can!' says Rochat.

'Can you guess who it is?'

'Old Lambelet ... Things weren't working out well with his children any more ...'

Then a policeman appeared on the bank. Zumlauf's called him over. There'll only be a moment or two left to contemplate this man lying there on his back, his head higher than his feet – and he had retired and gone to live with his children because he couldn't work any more, and he and his children hadn't seen eye to eye on things.

He was wearing his working clothes, for now they could make out from what was left of his trousers that they had been made of brown fustian and they could see that his shirt had been blue-striped and that he had put a jacket with twill sleeves on top, of which only one was left now.

Ensuite, on n'a plus rien vu. L'agent de police avait recouvert le cadavre d'une bâche.

C'est à peine si le corps faisait bosse sous la bâche d'où l'eau continuait à découler, formant deux petits ruisseaux parmi la mousse courte et jaune qui avait poussé sur les dalles.

C'est un lit, c'est un dernier lit, et même un lit pourvu d'un drap, mais celui qui dort dessous doit terriblement bien dormir, pendant qu'un grand bruit de voix et de rires continue à se faire entendre à votre gauche, et que Zumlauf, maintenant, regagne, à grands coups de rames, l'établissement de bains.

★

On était en train de fermer; Larpin allait d'un bout à l'autre des cabines; Larpin crait: «On ferme!»

Les baigneurs s'en allaient, quelques-uns avec un coup de soleil sur les jambes ou sur la nuque, des enfants avec des caleçons qu'ils avaient roulés en boule et faisaient tourner à tours de bras en les tenant par la ficelle; une grande fille à la nuque noire, les jambes et les bras nus, dans une courte mince robe d'été; et Larpin fermait la porte de l'établissement pendant que Zumlauf abordait.

Pendant ce temps, Mme Larpin cassait des macaronis dans une marmite posée sur un réchaud à gaz, dans une petite pièce qui se trouvait à côté de la caisse; pendant ce temps aussi, Larpin et Zumlauf s'installaient dans la galerie face au lac à une petit table de sapin où Mme Larpin venait d'apporter du vin blanc dans un litre scellé.

Larpin en a versé, par politesse, quelques gouttes dans son verre, puis remplit le verre de Zumlauf, qui lève le sien pour trinquer. Et ils disent: «Santé! Santé!» Ils sont assis en face l'un de l'autre. Ils se regardent. Ils prennent ainsi chaque jour le repas du soir ensemble, les deux et

Then they couldn't see any more. The policeman had covered up the corpse with a tarpaulin.

The body scarcely showed under the tarpaulin but the water went on trickling out from underneath, forming two little streams as it ran through the close yellow moss that had grown on the flagstones.

It's a bed, a last bed, and it's even got a sheet, but the man sleeping beneath it must be sleeping terribly deeply. A great noise of shouts and laughter can still be heard to your left and Zumlauf is now rowing back to the bathing establishment with long strokes of the oars.

*

They were just closing; Larpin was going up and down the cabins shouting: 'Closing time!'

The bathers were leaving, some of them with patches of sunburn on their legs or on the back of their necks, children with their swimming-trunks rolled up in a ball, holding them by their draw-strings and swinging them round; a tall girl with a brown neck, bare legs and arms, wearing a short, thin summer dress; and Larpin was closing the door of the swimming baths as Zumlauf rowed up.

Meanwhile, Mme Larpin was breaking macaroni into a saucepan on top of a gas-cooker in a small room next to the ticket-office; at the same time, too, Larpin and Zumlauf were settling down at a little pine table on the verandah overlooking the lake where Mme Larpin had just brought them a sealed litre bottle of white wine.

Larpin politely pours out a few drops into his own glass, then he fills up Zumlauf's and Zumlauf raises it to clink glasses with Larpin. And they say: 'Cheers! Cheers!' They are sitting facing each other. They look at each other. They always eat their evening meal together, the two of

Mme Larpin. Ils fument chacun une pipe, ils se regardent. On est bien. La chaleur n'est plus que dans le sable de la plage où les traces de pieds font beaucoup de trous ronds et se montre au-dessus dans une espèce de tremblotement, à travers lequel on dirait que les choses s'évadent sans cesse de leur propre masse, et la ligne qui les limite à leur partie supérieure se brise en petits morceaux que l'œil a peine à rassembler. Les deux hommes se tiennent dans un courant d'air qui fait bouger les cheveux sur le crâne de Larpin qui est tête nue. Zumlauf a toujours sa casquette. Et c'est de dessous sa casquette qu'il a dit soudain :

— Encore un.

Larpin hausse les épaules.

— Ça en fait combien pour la saison ? demande Zumlauf.

— Quatre. L'Allemand, un ; une sommelière de Lausanne, deux ; le chômeur de l'autre jour, trois, et puis, aujourd'hui, Lambelet.

Larpin a dit :

— Pauvre Lambelet !

— Pourquoi pauvre ? a dit Zumlauf.

Il regarde Larpin à travers la fumée de sa pipe. On voit Larpin qui est maigre, osseux, desséché, avec un maillot à rayures bleues et blanches horizontales, des bras cuits de soleil où les veines noires s'entrecroisent comme du lierre autour d'une branche, un petit œil vif à moitié fermé ; et, si on jetait un regard par-dessous la table, on verrait sa ceinture rouge, ses pieds nus avec des ongles commes des têtes de clous mal enfoncés, une grosse chaîne de montre en nickel avec des médailles qui court sur son ventre et va s'enfoncer dans sa poche.

— Il ne s'entendait plus avec sa fille.

C'est ce que dit de nouveau Larpin, mais Zumlauf :

— Il est maintenant tranquille.

— Oui, dit Larpin, mais tout ça . . .

them and Madame Larpin. They are both smoking pipes
and looking at each other. They feel good. The only heat
left is in the sand on the beach with its round holes made
by people's footprints; it can be seen hovering above the
sand in a kind of shimmer through which things seem to be
constantly losing their shape and solidity, so that the upper
edge of each object breaks up into tiny fragments which the
eye finds it difficult to reassemble. The two men are sitting
in a draught and this makes the hair on Larpin's bare head
flutter gently. Zumlauf still has his cap on. And he has
suddenly said from under it:

'So that's another one.'

Larpin shrugs:

'How many does that make this season?' asks Zumlauf.

'Four. The German, one; a barmaid from Lausanne,
two; that man the other day who was out of work, three,
and then today Lambelet.'

Larpin says:

'Poor old Lambelet!'

'Why poor?' Zumlauf says.

He looks at Larpin through the smoke rising from his
pipe. Larpin looks thin, bony and dried up, with his
sailor vest with its blue and white horizontal stripes, his
heavily tanned arms criss-crossed with black veins like ivy
knotted round a branch, his bright little eyes half shut; and
if you glanced under the table you would see his red belt,
his bare feet with toenails like metal nailheads driven in
crooked, and a large nickel watchchain hung with medal-
lions running across his belly and plunging into his pocket.

'He wasn't getting on with his daughter any more.'
That's Larpin again, but Zumlauf says:
'He's all right now.'
'Yes,' says Larpin, 'but what about all that . . .'

Et, levant à demi le bras, il montre en rond tout ça autour de lui: et c'est le soir qui vient sur le lac parfaitement lisse où il y a des nuages roses, et il y a aussi des nuages roses dans le ciel, et il y a deux fois les peupliers, ceux qui sont dans l'air, ceux xui sont dans l'eau. De toutes petites vagues viennent aborder à la rive, allongeant dans le sable leurs griffes qui s'écartent comme celles des chats. Elles deviennent blanches en s'ouvrant. Tout ça, a dit Larpin, et tout ça est aussi qu'on est bien devant un litre de vin blanc frais avec sa pipe, c'est encore le plaisir de n'avoir rien à faire une fois qu'on a fait.

– Il s'en fout bien, à présent, dit Zumlauf. Moi, dit-il, en parlant du lac, je suis d'avis qu'on est aussi bien dedans que devant.

Mme Larpin apporte un plat de macaronis au fromage avec un reste de jambon. Elle sert les deux hommes, Larpin dit:

– Il avait pourtant assez travaillé toute sa vie. Et il n'a rien pu mettre de côté.

Larpin dit à sa femme:

– C'est de Lambelet qu'on parle, on vient de le repêcher.

– Mon Dieu! dit Mme Larpin, où ça?

– Là tout près, dit Larpin, c'est Zumlauf qui s'est chargé de la corvée. On n'a fait semblant de rien à cause du monde. L'ambulance va venir le chercher.

– Mon Dieu! dit Mme Larpin, quelle histoire!

– C'est que ça n'allait plus avec sa fille qui l'avait recueilli. Tu sais bien, elle a épousé un employé des chemins de fer. Ils habitent sous l'église.

Zumlauf écoute sans rien dire. Il sait que Larpin est

And, half raising his arm, he makes a circular movement embracing everything around him: the evening descending over the perfect smooth surface of the lake, brimming with pink clouds; in the sky there are more pink clouds, and there are two rows of poplars, the ones up in the air and the ones in the water. Tiny little waves lap against the shore, stretching out their claws into the sand, spreading them out as cats do. They turn white as they open out. 'All that,' Larpin says, and all that also means that it's good to be sitting down with a litre of chilled white wine and a pipe, and also so nice to have nothing to do once you've finished doing what you have to.

'He doesn't give a damn now,' says Zumlauf. 'Personally I think,' he says, referring to the lake, 'that you're just as well off in it as sitting beside it.'

Madame Larpin brings in a dish of macaroni cheese with a piece of leftover ham. She serves the two men. Larpin says:

'But he'd worked hard all his life. And he never managed to put anything by.'

Larpin says to his wife:

'We're talking about Lambelet, we've just fished him out.'

'Good grief!' says Madame Larpin, 'where?'

'Just over there,' says Larpin, 'Zumlauf did all the dirty work. We kept quiet about it because of all the people around. The ambulance is going to come and fetch him.'

'Good grief!' says Madame Larpin, 'what a terrible thing!'

'The thing is he wasn't getting on with that daughter of his who took him in. You know, she married some fellow who works on the railway. They live down below the church.'

Zumlauf listens in silence. He knows that Larpin knows

mieux renseigné que lui. Zumlauf ne connaît que le lac et il est célibataire.

Larpin, lui, continue à parler, coupant des tranches dans le jambon, soulevant avec sa fourchette une bouchée de macaronis qu'il avale par le bout et qui lui fait comme une barbe qu'il ramène peu à peu à lui, buvant de temps en temps un coup de vin, la bouche pleine.

– Oh! il y a déjà longtemps qu'on s'en entretenait. C'est des gens regardants. On ne donnait rien au vieux que des restes de soupe, il couchait dans un débarras. Alors il n'y a plus tenu.

– Combien de temps cela va-t-il faire depuis qu'il a disparu?

– Ma foi, a dit Zumlauf, nous sommes à fin août: juin, juillet, août, ça va faire dans les trois mois.

– Il a mis du temps pour revenir.

– Ils reviennent, ils ne reviennent pas, dit Zumlauf, ils mettent tout le temps qu'ils veulent, il y en a qui mettent des années, d'autres qui mettent si longtemps qu'ils ne reviennent plus jamais. Il aura été se promener du côté de Genève, Lambelet. Il y a le courant du milieu du lac qui les porte. D'autres fois ils sont jetés par les vagues contre les jetées, ils deviennent mous comme une chique, ils n'ont plus un os entier dans le corps. Il n'était pas trop abîmé, Lambelet, pas trop déshabillé non plus. Il y en a qui vous reviennent tellement nus que ça fait honte. Lui, il avait encore une moitié de pantalon, une des manches de son gilet et sa chemise.

– Ça ne fait rien, dit Mme Larpin. C'est une vilaine histoire. Est-ce que la justice n'aurait pas son mot à dire?

– Que veux-tu qu'elle fasse? lui répond son mari.

more about it than he does. Zumlauf only knows about the lake, and he's a bachelor.

Meanwhile Larpin goes on talking, cutting slices of ham, forking up a mouthful of macaroni and swallowing it down bit by bit, and it forms a sort of beard which he gradually sucks in towards him, taking a swig of wine every now and then, still with his mouth full.

'Oh! people had been talking about it for ages. They're a tight-fisted couple. They gave the old man nothing but bits of leftover soup and he slept in a box-room. And he couldn't take it any longer.'

'How long will it be now since he disappeared?'

'Well, let's see,' said Zumlauf, 'it's the end of August now: June, July, August, it'll be about three months.'

'He took his time coming back.'

'Sometimes they come back, sometimes they don't,' says Zumlauf, 'they take as long as they feel like, some of them take years and others take so long they never come back at all. He'll have been wandering about over on the Geneva side, will Lambelet. There's the current in the middle of the lake that carries them along. At other times the waves fling them against the jetties, they go all limp like a bit of chewed tobacco, they don't have a single bone unbroken in their body. Lambelet wasn't too badly damaged, he hadn't lost too much of his clothing either. Some of them come back so naked it's almost indecent. He'd still got half his trousers, one of the sleeves of his jacket and his shirt.'

'That's got nothing to do with it,' says Madame Larpin. 'It's a nasty business. Won't the law have something to say about it?'

'What d'you expect them to do?' replies her husband,

Lambelet s'est jeté à l'eau volontairement, personne n'en est responsable.

— Que si, dit Mme Larpin, ceux qui par leurs mauvais traitements l'ont obligé à se faire mourir.

— Il faudrait d'abord qu'on puisse prouver qu'il a été mal traité, ça n'est pas facile. Il aurait été plus facile de l'empêcher de se noyer. Parce qu'on l'a vu. Tu connais M. Perret. Il est commis de banque à Lausanne. Il l'a vu. Il m'a dit: «J'ai cru qu'il allait prendre un bain. J'ai été un peu étonné. Un vieux. Et puis l'eau était encore froide, mais je n'ai pas pensé plus loin. Il venait de se déshabiller, il avait gardé son pantalon et sa chemise. Il avait des chaussettes roses. Je me suis dit: «Drôle de costume!» Mais ça ne me regardait pas. Je n'ai pu m'empêcher pourtant de me retourner quand je l'ai vu dépasser la jetée: alors, je le vois qui s'avance sur l'enrochement, plié en deux, et il s'appuyait de la main sur les quartiers de roc parce que ça glisse, allongeant la jambe. Ensuite je n'ai plus rien vu. Il était descendu dans l'eau sur le côté opposé de la jetée qui le masquait. On a entendu le bruit qu'il faisait en s'avançant dans l'eau. Il devait glisser, il se retenait, il faisait un bruit comme quand un cygne bat des ailes, puis on a entendu un bruit de gargouillement, et puis un cri, — alors je suis revenu en arrière; on a encore vu sa tête qui dépassait pendant qu'il battait l'eau de ses bras comme pour s'y accrocher, mais elle a cédé, elle s'est refermée. Qu'est-ce que vous voulez? Il était en eau profonde, c'est l'une de ces places où le mont commence tout près de la rive. On va pendant quinze ou vingt mètres avec de l'eau jusqu'à la ceinture et puis on n'a plus rien qu'un infini d'abîme sous le pied. J'ai été chercher du secours, mais il s'est passé du temps avant qu'il pût arriver. Il n'y avait déjà plus trace de lui nulle part.»

'Lambelet threw himself into the water of his own free will, nobody's responsible.'

'Oh yes they are,' says Madame Larpin, 'the people who forced him to kill himself by treating him so badly.'

'First of all it'd have to be proved that he was ill-treated, that's not easy. It would've been easier to stop him drowning in the first place. Because he was seen. You know Monsieur Perret. He's a bank clerk in Lausanne. He saw him. He told me: "I thought he was going for a swim. I was a bit surprised. An old man. And then the water was still cold, but I didn't think any more of it. He'd just got undressed, he kept his trousers and his shirt on. He had pink socks. I said to myself, 'What a funny get-up!' But it wasn't any of my business. Still, I couldn't stop myself looking round when I saw him go beyond the jetty; next I see him getting near the breakwater with his body all doubled up, and he's clinging on to the rocks with his hands because it was slippery, stretching out one leg. After that I didn't see any more. He'd gone down into the water on the other side of the jetty and this hid him from me. You could hear the noise he was making as he slid into the water. He must have slipped, he was holding himself back, making a noise like a swan beating its wings, then you could hear a gurgling sound, and then a shout – so I turned back; you could still see his head above the surface as he struck at the water with his arms as if he was trying to cling onto it, but it gave way under him, and closed over his head. What can you expect? He was in deep water, it's one of the places where the mountain begins right at the water's edge. You go about twenty or thirty yards with the water up to your waist and then you've got nothing beneath your feet but a bottomless pit. I went to fetch help, but it was some time before they could get there. By then there was no sign of him anywhere."'

– A combien s'enfonce-t-il tout de suite le mont?

– On ne sait pas, dit Larpin, cent, deux cents mètres, et, une fois qu'ils sont partis, il n'y a plus qu'à les laisser aller. Ils commencent le grand voyage, ils sont tirés en bas par leurs vêtements, ils se prennent les pieds dans les algues. Il faut attendre qu'ils aient gonflé pour les voir un jour reparaître à la surface, mais alors viennent les vagues, et, comme ils sont devenus légers, ils vont vite. Ils sont comme des bouées qu'on aurait oublié d'ancrer. Un coup de vent du nord, les voilà en Savoie, un coup de vaudaire,[5] ils viennent sur nous. Pas vrai, Zumlauf?

– Sûr, dit Zumlauf, qui s'intéresse de nouveau à la conversation, parce qu'on parle de choses qu'il connaît bien. Et il leur arrive des fois de se promener des jours et des jours tout près de la rive sans qu'on fasse attention à eux.

– Sans Rochat, aujourd'hui, on ne l'aurait pas eu.

A ce moment, on a entendu sur le chemin le klaxon de l'ambulance. Mme Larpin s'est levée, cherchant à voir par la fenêtre ce qui allait se passer.

– Tu ne verras rien, dit Larpin.

L'ambulance passe devant l'établissement en sens inverse. Elle s'éloigne.

Les deux hommes sont bien. Ils ont fini de manger. Il reste encore un peu de vin dans le litre. Larpin a rempli les verres; Zumlauf lève le sien:

– Santé!

Larpin a répondu:

– Santé!

'How deep does it go right at the water's edge?'

'Nobody knows,' says Larpin, 'a hundred metres, two hundred, and once they've gone you can't do anything but let them go. They start out on their long journey, they get dragged down by their clothing and their feet get tangled up in the weeds. You have to wait till they've swelled up before you see them come back up to the surface one day, but then the waves come and since they've got all light, they move quickly. They're like buoys which somebody's forgotten to anchor. A gust of wind from the north and they're in Savoy, a blast from the south-west wind and they come over to us. That's how it goes, isn't it, Zumlauf?'

'That's it,' says Zumlauf, who gets interested in the conversation again now that they're talking about things he knows about. 'And sometimes they'll wander along close to the bank for days and not be noticed.'

'If it hadn't been for Rochat we wouldn't have got him today.'

Just then the ambulance siren sounds on the road. Madame Larpin gets up to see from the window what is going to happen.

'You won't see anything,' says Larpin.

The ambulance goes back past the bathing establishment the way it came, and disappears.

The two men are feeling satisfied. They've finished eating. There's a bit of wine left in the bottle. Larpin has filled up the glasses; Zumlauf raises his:

'Cheers!'

Larpin replied:

'Cheers!'

# A HOUSE IN THE PLACE DES FÊTES

ROGER GRENIER

*Translated by Monica Lee*

# UNE MAISON PLACE DES FÊTES

PENDANT la guerre, Antoine Parrot avait deux amies.
L'une habitait à Issy-les-Moulineaux derrière le parc des
Expositions. L'autre place des Fêtes.[1] Il vivait à l'hôtel tandis qu'elles disposaient chacune d'un appartement. C'est
pourquoi il sortait rarement avec elles et aimait mieux les
voir à leur domicile. Il commençait en général par Suzanne,
celle d'Issy-les-Moulineaux. Elle occupait un sixième étage,
dans un groupe d'immeubles municipaux. L'ascenseur ne
fonctionnait pas, en raison des économies de courant.[2] Il
fallait monter à pied. Comme Antoine Parrot n'avait pas
l'habitude de prévenir de ses visites, il trouvait souvent la
porte close. Suzanne, qui était secrétaire de direction dans
une entreprise commerciale, partait souvent le samedi et le
dimanche chez ses parents, à la campagne, près de Vierzon.
Alors Antoine Parrot redescendait tranquillement les six
étages et, sans se presser, gagnait le métro qui allait mettre
très longtemps, avec les changements et la rareté des trains,
pour le porter jusqu'à la place des Fêtes.

Il lui arrivait de trouver une seconde fois la porte close,
et il ne lui restait plus qu'à descendre traîner sur les boulevards ou rentrer dans sa chambre, du côté des Gobelins.
Mais le simple fait d'avoir vu la place des Fêtes et la maison
de Déjanire suffisait à le rendre content.

A l'un des angles de la place, la maison de Déjanire était
une ancienne petite école privée, une vieille demeure basse
du début du XIX$^e$ siècle. Elle avait appartenu aux grands-
parents, puis aux parents de la jeune fille, des Grecs venus
de Thrace, et qui avaient fondé un cours pour les enfants de
leurs compatriotes. Ils étaient morts depuis longtemps et
Déjanire restait seule avec sa sœur aînée, Antigone. Dans la

# A HOUSE IN THE PLACE DES FÊTES

DURING the war, Antoine Parrot had two girlfriends. One lived in Issy-les-Moulineaux, behind the Exhibition Ground. The other in the Place des Fêtes. He lived in a hotel room while they each had a flat, which was why he rarely took them out, preferring to visit them at home. Generally he began with Suzanne, the Issy-les-Moulineaux one. She lived on the sixth floor in a group of council flats. With the electricity cuts, the lift was not working. You had to walk all the way up. Since Antoine Parrot was not in the habit of letting her know he was coming beforehand, he often found no one there. Suzanne, who was a private secretary in a business firm, often went off for the weekend to her parents in the country near Vierzon. Antoine Parrot would then go quietly back down the six floors and make his way unhurriedly to the metro; as he had to change and trains were infrequent, it took a long time to get him to the Place des Fêtes.

Sometimes he found no one there either and there was nothing left for him to do but wander along down the boulevards or go back to his room, near Gobelins. But the very fact of seeing the Place des Fêtes and Déjanire's house was enough to make him happy.

Déjanire's house stood at one corner of the square; an old, squat dwelling dating from the beginning of the nineteenth century, which had once been a small private school. It had belonged to the girl's grandparents, then to her parents, Greeks from Thrace; they had started classes for the children of their fellow-countrymen. They had been dead for a long time and Déjanire was left there alone

maison trop grande, des pièces étaient encore occupées par
les tables et les bancs d'écoliers, l'estrade et le tableau noir.
Sur les papiers peints délavés de vieilles photos de gens
maigres et graves regardaient dans le vide, à travers le verre
des grands cadres. Il y avait même le portrait d'un évêque
barbu. Déjanire et Antigone étaient pauvres et vivaient on
ne sait comment en poursuivant leurs études. Antigone
avait vingt-six ans et terminait sa médecine, et Déjanire, à
dix-neuf ans, en était à sa première année de droit. Antoine
Parrot trouvait Antigone plus jolie, plus grande, plus mince.
Déjanire avait les incisives qui pointaient en avant, comme
des dents de lapin. Mais c'était elle qu'il avait connue la
première et Antigone le recevait toujours avec quelque
distance, comme un ami de sa sœur. Elle avait une certaine
sévérité, du fait qu'elle était l'aînée, et somme toute le chef
de famille. Une humilité naturelle incitait d'ailleurs
Antoine, devant deux filles, à choisir celle qu'il jugeait la
moins belle. Déjanire était très gaie et ne se prenait pas au
sérieux. Elle avait de gros seins, un derrière rebondi et elle
riait tout le temps avec ses dents de lapin. Antoine avait la
tête de plus qu'elle.

Il arrivait même à Antoine Parrot de se rendre jusqu'à
Issy-les-Moulineaux et place des Fêtes en sachant qu'il ne
trouverait probablement pas ses amies. Une fois devant la
porte close, il ne s'en voulait pas trop. Dans la vie, il est
important de sembler faire quelque chose, à défaut de le
faire pour de bon.

Un soir où Antoine avait dîné chez Suzanne, parce qu'elle
avait rapporté des provisions d'un week-end chez ses
parents, il laissa passer l'heure du couvre-feu. Dans les
relations entre homme et femme, il y a toujours un code,
en dehors des paroles, une série de conventions tacites,
encore plus précises et chargées de significations que le lan-

with her elder sister, Antigone. Now the house was too big and there were rooms still filled with the school desks and benches, the master's raised platform and the blackboard. On the faded wallpaper old photographs of lean, grave people stared into emptiness, through the glass of large frames. There was even the portrait of a bearded bishop. Déjanire and Antigone were poor and managed somehow while going on with their studies. Antigone was twenty-six and in her final year of medicine, and, at nineteen, Déjanire was doing her first year of law. Antoine Parrot found Antigone prettier, taller, slimmer. Déjanire's front teeth stuck out like a rabbit's. But she was the one he had known first and Antigone always received him a little distantly, as her sister's friend. There was something severe about her, owing to her being the elder, and after all head of the family. And then when it came to choosing between two girls, a natural humility in Antoine inclined him towards the one he thought less beautiful. Déjanire was very vivacious and didn't take herself seriously. She had big breasts, a well-rounded bottom, and she laughed all the time with her buck teeth. Antoine was a head taller than her.

Antoine Parrot sometimes made the journey all the way to Issy-les-Moulineaux and the Place des Fêtes knowing that his friends probably wouldn't be in. Once there and finding them out, he wasn't really cross with himself. What matters in life is going through the motions of doing something, even if you don't do it properly.

One evening Antoine had eaten with Suzanne because she had brought back some food from a weekend at her parents, and he stayed on after the curfew. In relations between men and women, there is always a code, beyond words, a series of tacit conventions, which is both more precise and more meaningful than language, because

gage, car on parle souvent pour ne rien dire, tandis que ce code veut toujours dire quelque chose. Dans le code de cette époque, qu'une fille ne vous renvoie pas avant l'heure du couvre-feu signifiait que vous finiriez la nuit dans son lit. Assuré du dénouement, Antoine n'attaqua pas tout de suite. Suzanne était assise dans un fauteuil de cuir et le regardait par en dessous, tandis qu'il discourait sur la poésie de la Résistance, Eluard et Aragon. Vers une heure du matin, il se pencha par-dessus le bras du fauteuil et lui donna un baiser.

«Je me demandais si tu allais oser, lui dit-elle. Pendant toute la soirée, je me suis amusée en essayant de deviner à quelle heure tu te déciderais.»

Le premier pas fait, il se montra plus entreprenant et fit comme s'il fallait persuader Suzanne de l'accepter dans son lit. Elle eut l'air de trouver cette idée tout à fait inattendue et peu à son goût. Enfin elle lui prêta un pyjama à fleurs dans lequel il eut du mal à entrer, mais qu'il pensait ne pas garder longtemps. Elle alla en mettre un elle-même. Une fois dans le lit, dans le noir, il constata qu'elle avait les pieds glacés et il offrit de les réchauffer. Elle les appliqua sans scrupules sur les siens et le froid lui monta jusqu'au cœur, au point d'effacer un instant son ardeur. Mais on s'habitue à tout et il recommença à l'embrasser et à la caresser. Il déboutonna la veste de son pyjama et joua longtemps avec ses seins. Mais quand il glissa la main plus bas, elle garda les jambes fermées et aucune supplication, aucun baiser, aucune caresse ne purent la décider à les ouvrir.

Plusieurs fois ensuite il passa la nuit avec Suzanne. Elle dormait dans ses bras, lui offrait d'abord ses pieds glacés, lui accordait sa bouche et ses seins, ne s'effarouchait pas de sentir contre sa cuisse ou son ventre ce membre qui réclamait son dû, mais elle continuait à serrer les jambes. Une

people often say things that mean nothing whereas the code always means something. In the code of that time, if a girl didn't turn you out before curfew, it meant that you would end the night in her bed. Knowing what the outcome would be, Antoine didn't strike at once. Suzanne was sitting in a leather armchair and looking at him from under her eyes, while he held forth on Aragon, Eluard and the poetry of the Resistance. At about one o'clock, he leant over the arm of the chair and gave her a kiss.

'I was wondering if you'd dare,' she said to him. 'I've spent the whole evening trying to guess when you'd make up your mind.'

Having taken the first step, he showed more enterprise and behaved as if he had to coax Suzanne to allow him into her bed. She pretended to find the idea totally unexpected, and little to her taste. In the end she lent him a pair of flowered pyjamas which he had trouble getting into but which he thought he wouldn't be keeping on for long. She went and put some on, too. Once in bed, in the dark, he discovered that her feet were like ice and offered to warm them. She unhesitatingly placed them against his and the cold struck right though him, momentarily taking all desire away. But one gets accustomed to anything and he started to kiss and fondle her again. He unbuttoned her pyjama jacket and spent some time playing with her breasts. But when he slid his hand further down, she kept her legs closed and no entreaty, no kiss, no caress could make her open them.

Later on several occasions he spent the night with Suzanne. She slept in his arms, offering him first her icy cold feet, conceding him her mouth and her breasts, unalarmed to feel against her thighs or belly the member that claimed its due; keeping her legs tight nevertheless. At

nuit enfin elle lui accorda ce qu'il souhaitait, mais de mauvaise grâce et en faisant presque semblant de croire que rien n'était arrivé.

Elle continuait à partir fréquemment pour Vierzon. Quand elle n'était pas là, Antoine prenait le chemin de la place des Fêtes. Dans la vieille maison où tout était fané, sauf Déjanire, il était accueilli par les rires, le bavardage et les grands yeux noirs de la jeune Grecque aux dents de lapin. Parfois Antigone apparaissait, un peu froide, mais c'était un plaisir de la contempler. Quand elle s'en allait, Antoine demandait à Déjanire: «Votre sœur n'a pas de petit ami?» Déjanire répondait par un geste vague.

La maison sentait le moisi, comme les vieilles maisons de campagne aux volets trop longtemps clos. Malgré sa gaieté, Déjanire parlait souvent de sa pauvreté. Elle avait un vieux sac à main en cuir, tout décoloré, décousu en plusieurs endroits. En ce qui concerne la pauvreté, les femmes peuvent faire illusion, s'habiller avec rien. Mais le sac à main ne trompe pas. Déjanire considérait presque comme un riche Antoine qui venait de finir une licence en droit et faisait un stage – fort mal payé – chez un avoué.[3]

Après le débarquement allié en Normandie, la maison qui employait Suzanne ferma et la jeune fille, sans ressources, décida d'aller attendre la libération chez ses parents. Elle demanda à Antoine s'il pouvait l'accompagner jusqu'à Vierzon, pour l'aider à porter ses bagages. Il prit un jour de congé. Elle avait toutes sortes de valises et de sacs et ils eurent du mal à les traîner dans les métros bondés, puis dans le train non moins bondé, à la gare d'Austerlitz.

Antoine ne resta que quelques heures en Sologne. Il ne savait pas ce que Suzanne avait raconté à ses parents, mais il avait l'impression d'être reçu plus comme un fiancé que comme un camarade. Il fit un copieux repas, comme il n'en

last one night she granted him what he wanted, but in a grudging way, making it seem almost as if nothing had occurred.

She went on going to Vierzon at frequent intervals. When she was away, Antoine used to make for the Place des Fêtes. In the old house where everything was faded except for Déjanire, he was greeted by the laughter, the chatter and the huge black eyes of the young Greek girl with her buck teeth. Sometimes Antigone made an appearance, and, in spite of her slight coldness, she was a pleasure to look at. When she went away, Antoine asked Déjanire: 'Hasn't your sister got a boyfriend?' Déjanire replied with a non-committal gesture.

The house smelt damp as old country houses do when the shutters have been closed for too long. In spite of her good humour, Déjanire often spoke about her poverty. She had an old leather handbag which had lost its colour and was coming apart in several places. When it comes to poverty, women can cover up, dress with nothing. But the handbag gives them away. Déjanire thought Antoine wealthy: he had just taken his law degree and was articled to a solicitor, though it was very badly paid.

After the allied landings in Normandy, the firm that employed Suzanne closed down and, being without a source of income, the girl decided to go to her parents until the Liberation. She asked Antoine if he could go with her to Vierzon to help her with her luggage. He took a day off. She had all kinds of suitcases and bags and they had a job dragging them through the crowded metro, then into the no less crowded train at the Gare d'Austerlitz.

Antoine didn't stay more than a few hours in the Sologne. He didn't know what Suzanne had told her parents, but he felt he was being welcomed more as a fiancé than as a friend. He ate a large meal such as he had not eaten for

avait pas mangé depuis des mois. Il alla se promener dans les bois avec Suzanne et ils firent un peu l'amour, debout contre un arbre. Quand il fut l'heure de partir, elle se mit à pleurer. Antoine lui dit que la guerre allait bientôt finir.

A Paris, la vie était entrecoupée par les alertes, et alors le métro s'arrêtait. Mais Antoine montait souvent place des Fêtes. S'il trouvait quelque chose à manger, il l'apportait aux deux jeunes Grecques et restait dîner avec elles. Un jour que Déjanire était seule et épluchait des légumes dans la cuisine, vêtue d'un tablier bleu trop grand pour elle, attaché par un cordon dans le dos, Antoine, qui se sentait d'humeur stupide, défit deux ou trois fois le nœud. Déjanire le traitait d'idiot et renouait le cordon. Quand il recommença, elle se retourna et engagea la lutte contre lui. Un instant plus tard, elle était par terre, sur le vieux carrelage rouge, terrassée par Antoine. Il n'y avait aucune animosité dans leur lutte. C'était un jeu. Au bout d'un court moment, Antoine ne put s'empêcher de poser ses mains sur les seins bien ronds de Déjanire. Comme elle se laissait faire, il commença à l'embrasser. Les lèvres s'arrondirent, se gonflèrent tendrement, s'ouvrirent, cachant les dents de lapin, et il rencontra aussitôt une langue agile.

« Qui t'a appris à embrasser comme cela ? demanda-t-il.

– Je ne suis pas complètement arriérée », répondit Déjanire.

Il continuait sa rapide conquête. Il avait imaginé trouver sous la main une petite toison frisée, rebelle comme la tignasse d'un enfant batailleur. Mais non, il recontrait des herbes sous-marines, un sexe liquide, prêt pour l'amour.

« Tu dois être vraiment trop mal, sur le carrelage », dit Antoine.

Il aida Déjanire à se relever. D'elle-même elle se dirigea vers la chambre voisine. Les volets étaient restés fermés. Elle se déshabilla dans la pénombre, en riant de confusion.

months. He went for a walk in the woods with Suzanne and they made love a bit, standing up against a tree. When it was time to go, she started to cry. Antoine told her that the war would soon be over.

In Paris, life was constantly interrupted by air-raid warnings and whenever that happened the metro stopped. But Antoine often went up to the Place des Fêtes. If he found something to eat, he took it for the two Greek girls, and stayed on for an evening meal with them. One day Déjanire was on her own, peeling vegetables in the kitchen, wearing a blue apron which was too large for her tied at the back with a string. Antoine, who was in a silly mood, undid the knot two or three times. Déjanire said he was silly and did it up again. When he undid it again, she turned round and started fighting with him. Next moment she was down, on the old red-tiled floor, overpowered by Antoine. There was no animosity in their struggle. It was a game. A few seconds later, Antoine couldn't resist putting his hands on Déjanire's plump round breasts. As she didn't seem to object, he began kissing her. Her lips rounded, gently swelled, parted, covering her buck teeth, and immediately he encountered an agile tongue.

'Who taught you to kiss like that?' he asked.

'I'm not a complete beginner,' replied Déjanire.

He pursued his rapid conquest. He had imagined his hand touching a curly little fleece as unruly as the mop of hair on a pugnacious little boy. Instead, he found sea fronds, and she was moist and open, ready for love.

'It must be very uncomfortable for you on the stone floor,' said Antoine.

He helped Déjanire up. She led the way into the next room. The shutters hadn't been opened. She undressed in the half-dark, laughing to cover her confusion.

«C'est la première fois que je me mets nue devant un garçon. Ça fait un drôle d'effet.»

Elle dansait d'un pied sur l'autre, les seins bruns et qui semblaient près d'éclater, frémissant à peine. Son petit corps potelé, à la taille cambrée, était charmant, un peu anachronique. Le lit était un vrai vieux lit, très haut. Déjanire l'escalada et s'étendit de tout son long. Antoine essaya de lui faire l'amour avec beaucoup de douceur. Pourtant elle eut un peu mal et encore plus peur.

«Pourquoi m'as-tu choisi moi, pour la première fois? lui demanda Antoine.

— Parce que . . . C'est mon affaire.

— Cela m'ennuie un peu, parce que ce n'est pas toi que j'aime. Je crois que j'aime Suzanne.»

Déjanire s'arracha à ses bras, sauta du lit et remit ses vêtements. Antoine voulut s'expliquer:

«Tais-toi», lui dit-elle.

Il se leva à son tour et tourna un moment dans la maison, suivant d'une pièce à l'autre Déjanire. Mais la tristesse et l'hostilité de la jeune fille, contre lesquelles il ne savait que faire, l'obligèrent à s'en aller. Quand il lui dit au revoir, elle ne lui rendit pas son baiser.

Le lendemain il envoya un pneumatique[4] à Déjanire, lui demandant de lui téléphoner. Elle l'appela en fin de journée à l'étude de l'avoué. Il lui demanda comment elle allait.

«Bien. Je vais bien.

— On peut se voir?

— Je veux bien, mais pas chez moi.

— Alors on pourrait boire un verre ensemble, au quartier Latin ou ailleurs.»

Ils prirent rendez-vous pour le jour suivant, et se retrouvèrent au Maheu. Il faisait chaud. Déjanire avait mis une jupe plissée bleu marine, un chemisier un peu fané et elle portait son vieux sac décousu en bandoulière. Elle semblait

'It's the first time I've taken my clothes off in front of a boy. It feels funny.'

She hopped about on one foot then on the other, her dark breasts, which looked as if they'd burst, barely quivered. Her chunky, well-shaped little body was charming and rather old-fashioned. The bed was a real old bed, a very high one. Déjanire climbed onto it and lay stretched out. Antoine tried to be as gentle as he could with her. But she felt some pain and still more fear.

'Why did you choose me, for the first time?' Antoine asked her.

'Because . . . Well, that's my business.'

'It bothers me a bit because it's not really you I love. I think I'm in love with Suzanne.'

Déjanire tore herself from his arms, jumped out of bed and put on her clothes. Antoine tried to explain:

'Don't say anything,' she said to him.

He in turn got up and hung round the house for a while, trailing Déjanire from room to room. But the girl's sadness and hostility, which he could do nothing about, forced him to go away. When he said goodbye to her, she didn't return his kiss.

The next day he sent Déjanire an express letter, asking her to telephone him. She called him late in the afternoon at the solicitor's office. He asked her how she was.

'Fine. I'm fine.'

'Can we see each other?'

'Okay, but not at my house.'

'In that case let's have a drink together in the Latin Quarter or somewhere.'

They fixed a time on the following day and met at the Maheu. It was hot. Déjanire had put on a navy blue pleated skirt, a rather faded blouse and she was carrying her old split shoulderbag. She seemed sulky. By way of making

bouder. Pour meubler la conversation, Antoine Parrot lui
parla de ses lectures récentes. Il avait découvert dans une
revue un extraordinaire récit, «L'illustre Thomas Wilson».
Déjanire lui demanda de lui prêter des livres.

«Il n'y a qu'à faire un saut chez moi, aux Gobelins», dit
Antoine.

Ils y allèrent à pied, par la rue Gay-Lussac et la rue
Claude-Bernard. Il faisait bon se promener.

Dans la chambre d'hôtel, Antoine choisit quelques livres,
puis il voulut embrasser Déjanire. Elle refusa ses lèvres et
se débattit dans ses bras. Il plongea la main dans son décolleté pour lui prendre les seins, mais elle se rejeta en arrière
si violemment que le corsage au tissu un peu mûr se déchira
à l'épaule.

«Voilà ce qui arrive avec toi», dit la jeune fille.

Elle se mit à l'accabler de reproches blessants. Elle lui dit
notamment qu'il voulait devenir avocat, mais qu'il manquait de la psychologie la plus élémentaire.

Antoine donna du fil et une aiguille à Déjanire. Elle
retira son corsage, s'assit sur le lit, et commença à le coudre
à petits points minutieux. Antoine la regardait en silence:
la jeune fille en combinaison, les épaules coupées par les
bretelles, la peau mate au grain très fin, le sillon des seins
formaient le sujet d'un tableau qui lui plaisait fort. En même
temps le dos voûté par le travail de couture, l'air de tristesse,
et l'humiliation de Déjanire déshabillée non pour l'amour,
mais pour réparer un désastre, lui donnaient une conscience
aussi coupable que s'il était un fils de banquier ayant voulu
violer une ouvrière.

La reprise terminée, Déjanire se leva, et remit son corsage. Quand elle le boutonna, Antoine eut l'impression
bouleversante de perdre à jamais les deux seins qui venaient
de disparaître.

conversation Antoine Parrot told her what he had been reading recently. He had come across a truly amazing story – 'The Famous Thomas Wilson' – in a magazine. Déjanire asked him to lend her some books.

'It's no distance to come round to my place at Gobelins,' said Antoine.

They went round there on foot, via the Rue Gay-Lussac and the Rue Claude-Bernard. It was good to be walking.

In the hotel room, Antoine chose a few books, then he tried to kiss Déjanire. She turned her lips away and struggled in his arms. He plunged his hand down the open neck of her blouse to seize her breasts, but she jerked back so violently that the rather old fabric of the blouse tore at the shoulder.

'That's what happens with you,' the girl said.

She began to heap reproaches on him, that were intended to hurt. One thing she said was that he wanted to be a barrister but that he lacked even the most rudimentary idea of psychology.

Antoine gave Déjanire a needle and thread. She took off her blouse, sat down on the bed and began sewing it up with careful little stitches. Antoine watched her in silence: in her slip, her shoulders marked where the straps had been, her dark, fine-textured skin, with the cleft of her breasts, she formed the subject for a picture which pleased him greatly. At the same time seeing her bowed as she was by the sewing, her sadness, the humiliation of Déjanire, undressed not for love but to repair a disaster, made him feel as guilty as if he'd been the son of a banker who had tried to rape a working girl.

Her mending done, Déjanire got up and put her blouse back on. When she buttoned it, Antoine felt with distress that the two breasts which he had just seen disappear were lost to him for ever.

Après cette désastreuse soirée, Antoine retourna place des Fêtes, mais moins souvent. Déjanire et lui étaient redevenus de simples camarades. De temps en temps, une petite phrase blessante montrait que la jeune fille n'avait pas tout à fait abandonné sa rancune et sa méfiance. Elle lui demandait aussi, avec toujours un peu d'ironie blessée, des nouvelles de Suzanne.

Paris fut libéré. Antoine Parrot changea de situation et devint l'assistant d'un grand avocat.[5] Il eut beaucoup de travail et alla encore moins souvent place des Fêtes. Déjanire lui disait qu'il était en train de devenir important et qu'il avait un nouvel air trop satisfait qu'il ferait bien de surveiller. Elle lui annonça un jour qu'elle avait pris un amant, un étudiant tourmenté et idéaliste.

«Je ne suis pas amoureuse de lui. Mais je crois que je suis très sensuelle. Je ne peux pas me passer de faire ça.»

Suzanne revint à Paris. Antoine alla l'attendre à la gare. Comme il l'aimait, il fut déçu en la voyant apparaître sur le quai. Il avait trop pensé à elle et c'est tout juste s'il la reconnaissait. Elle le sentit, son sourire d'arrivée se figea et elle lui dit:

«Si je ne te plais plus, tu peux foutre le camp.»

Il protesta. Il se sentait aussi coupable, d'une certaine façon, que le jour où il avait déchiré le chemisier de Déjanire. Il prit les valises de Suzanne. Il n'avait pas de goût pour l'introspection, sinon il aurait peut-être découvert, au fond de lui, que le lien qui le retenait à Suzanne n'était pas l'amour, mais la peur.

C'était toujours un lien, et on pouvait s'y tromper. Le soir, il resta coucher chez elle. Il se réhabitua à Suzanne mais, malgré l'amour sincère qu'il croyait lui porter, il ne parvint jamais tout à fait à oublier la déception qu'il avait

After this disastrous evening, Antoine's visits to the Place des Fêtes were less frequent. Déjanire and he had reverted to being merely friends. From time to time, some hurtful remark showed that the girl had not altogether got over her resentment and her mistrust. She asked him for news of Suzanne, always in a rather ironical, injured way.

Paris was liberated. Antoine Parrot changed his job and became an assistant to a well-known barrister. He had a lot of work and went even less often to the Place des Fêtes. Déjanire told him that he was changing and becoming self-important and that there was a new air of smugness about him that he'd be well advised to watch. One day she announced to him that she had got a lover, a tortured, idealistic student.

'I'm not really in love with him. But I think I'm very sensual. I can't do without it.'

Suzanne came back to Paris. Antoine went to meet her at the station. In love with her as he was, he was disappointed when he saw her appear on the platform. He had thought of her too much and he barely recognized her. She felt this, her smile as she greeted him froze and she said:

'If you don't like me any more you can clear off.'

He protested. Somehow he felt as guilty as on the day when he had torn Déjanire's blouse. He took Suzanne's cases. He had no taste for introspection, otherwise he might have discovered deep inside him that the bond which held him to Suzanne was not love but fear.

Nevertheless, it was a bond, and there was the possibility of being wrong. That night he stayed at her house. He accustomed himself to Suzanne again, but however sincerely he thought he loved her, he never succeeded in

éprouvée à la seconde où elle était descendue du train.

Quelques semaines plus tard, alors qu'il sortait du cabinet de son patron, Antoine Parrot eut la surprise de voir Suzanne qui l'attendait sur le trottoir, devant la porte. C'était la première fois qu'elle venait le chercher après le travail. Il eut à peine le temps de l'embrasser qu'elle lui dit:

«Si on se mariait?»

Pour les préparatifs du mariage, Suzanne se mit à retourner souvent à Vierzon. Elle ramenait des meubles, de la vaisselle. Sa mère lui préparait un trousseau. Plein d'ardeur pour son nouveau métier, Antoine avait souvent trop de travail pour l'accompagner, et il restait seul à Paris.

Un dimanche, après en avoir fini avec un dossier, il monta jusqu'à la place des Fêtes. La maison était toujours aussi charmante, et il aimait cette petite émotion bête qui lui faisait battre le cœur quant il sonnait sans savoir si on lui ouvrirait ou si Déjanire serait sortie. Cette fois, la jeune Grecque était là, avec sa sœur, la si jolie Antigone. Maintenant Antigone avait réussi l'internat,[6] et elle partit en fin d'après-midi pour l'hôpital. Antoine raconta qu'il allait épouser Suzanne. Déjanire dit:

«J'en étais sûre depuis le début.»

Au moment où il partait, il avait presque la main sur la poignée de la porte, Déjanire le regarda avec l'air de se moquer de lui et déclara:

«Ce que j'avais envie de t'embrasser aujourd'hui!
– Cela n'a rien de très difficile.»

Il prit son visage dans les mains et commença à l'embrasser longuement. Sans rien déchirer cette fois, il déboutonna son corsage et sortit les seins du soutien-gorge.

quite forgetting the disappointment he had felt the moment she got off the train.

A few weeks later as he left his employer's chambers Antoine Parrot was surprised to see Suzanne waiting for him on the pavement outside. It was the first time that she had come to meet him from work. He'd hardly had time to kiss her when she said to him:

'Why don't we get married?'

In order to prepare for the wedding, Suzanne began making frequent visits to Vierzon. She brought back articles of furniture and crockery. Her mother prepared a trousseau for her. Antoine, who was wrapped up in his new job, often had too much work to accompany her, and he stayed behind in Paris.

One Sunday, having finished looking over a case, he went up to the Place des Fêtes. The house still worked its magic on him and he loved the absurd wave of emotion that came over him the moment that he rang without knowing whether the door would be opened or whether Déjanire would have gone out. On this occasion, the Greek girl was there with her sister, the ravishing Antigone. Antigone had now succeeded in becoming an intern and at the end of the afternoon she left for the hospital. Antoine said that he was going to marry Suzanne. Déjanire said:

'I knew it from the beginning.'

He was just about to go and all but had his hand on the door handle when Déjanire looked at him as if she were making fun of him and declared:

'I wanted so much to kiss you today!'

'That's not difficult.'

He took her face in his hands and began to kiss her for a long time. Without tearing anything this time, he un-buttoned her blouse and took her breasts out from her bra.

«Oui, embrasse-moi encore les seins», dit Déjanire.

Mais c'est tout ce qu'il fit, ce jour-là, dans l'entrée de la vieille maison, car elle lui dit qu'elle était désolée, que c'était un mauvais jour.

Antoine et Suzanne se marièrent. Antoine quitta sa chambre d'hôtel et vint s'installer dans l'appartement d'Issy-les-Moulineaux. Après son mariage, il retourna une fois voir Déjanire. Elle lui sembla de nouveau fermée, un peu méprisante. Elle lui raconta que l'étudiant qui avait été son amant venait de se tuer d'une balle dans le cœur. Il était trop misérable et souffrait d'être rejeté par la société. Elle disait cela de telle façon qu'Antoine se sentait honteux d'être bien installé dans la vie, avec une femme légitime, un appartement et une situation pleine d'avenir. L'étudiant avait légué à Déjanire son journal intime.

«Je te le prêterais bien, dit-elle à Antoine, mais je n'ai pas confiance en toi. Tu connais toutes sortes de journalistes. Tu serais capable de le leur donner.»

Déjanire était injuste, amère, mais elle ne semblait pas désespérée par la mort de son amant, et c'était le principal.

Une autre fois, Antoine la rencontra sur le boulevard devant le Palais de Justice. Il lui fit un bout de conduite jusqu'à la place Saint-Michel. Elle lui demanda:

«Comment va Suzanne? Elle te fait toujours des misères?»

Où avait-elle été prendre cela?

Quelques mois plus tard, alors que Suzanne était partie à Vierzon pour plusieurs jours, Antoine eut envie d'aller place des Fêtes. Au terme du long voyage, il y avait toujours l'escalier roulant[7] du métro et soudain on se trouvait à l'air libre, arrivé dans un autre monde, semblait-il. Déjanire était absente et il laissa un mot dans la boîte aux lettres, pour demander à la jeune fille de lui téléphoner.

'Yes, kiss my breasts again,' said Déjanire.

But that was all he did, that day, in the entrance-hall of the old house: she told him she was sorry that day was no good.

Antoine and Suzanne got married. Antoine left his hotel room and went to live in the flat at Issy-les-Moulineaux. After his marriage he went back once to see Déjanire. She again seemed to him withdrawn and slightly scornful. She told him that the student who had been her lover had just shot himself in the heart. He was too wretched and felt he had been rejected by society. She said it in such a way that Antoine felt ashamed to be comfortably established in life with a lawfully wedded wife, a flat and a job with good prospects. The student had bequeathed Déjanire his private diary.

'I'd lend it to you,' she said to Antoine, 'but I don't trust you. You know all sorts of journalists. You're quite capable of letting them have it.'

Déjanire was unjust and bitter but she didn't seem to be in despair about her lover's death and that was the main thing.

On another occasion, Antoine met her on the boulevard in front of the Law Courts. He walked a short way with her to the Place Saint-Michel. She asked him:

'How's Suzanne? Still getting at you?'

Where on earth had she got that idea from?

Some months later when Suzanne had gone off to Vierzon for a few days, Antoine had an urge to go to the Place des Fêtes. At the end of the long journey, there was the familiar escalator leading out of the metro and all at once you were in the open air, in another world it seemed. Déjanire wasn't there and he left a note in the letter-box asking her to phone him.

Quand il redescendit dans le métro, les visages de tous les voyageurs lui parurent marqués par le bêtise ou la méchanceté. Aucun ne semblait douter de son importance, ou du droit d'occuper un certain volume et de respirer l'air du voisin. Aucun ne songeait à avoir un regard d'amitié ou de compassion pour les autres. Chacun était enfermé dans sa rumination ou sa dureté hostile. Antoine eut envie de pleurer comme un veau.

Déjanire l'appela le lendemain.

«Je vais toujours chez toi, lui dit-il. Pour une fois, viens chez moi. Je t'invite à déjeuner.»

Quand il lui ouvrit la porte, il vit qu'elle avait mis un chapeau, parfaitement laid et ridicule. Elle souriait de toutes ses dents de lapin. Pauvre Déjanire! S'endimancher ne lui convenait pas.

Il lui fit ôter son chapeau et son manteau et lui servit un verre. Puis, tandis qu'elle faisait le tour de la pièce, examinant chaque meuble, chaque objet, il passa dans la cuisine pour préparer le déjeuner, c'est-à-dire du beefsteak et des spaghetti. A la fin du déjeuner, il la laissa de nouveau pour aller faire du café. Elle alluma une cigarette.

L'eau bouillait quand elle entra dans la cuisine.

«Ça marche?» dit-elle.

Antoine versa l'eau bouillante dans la cafetière et reposa la casserole sur le fourneau. Déjanire sauta dans ses bras. Ce fut un véritable saut, tout au moins Antoine eut l'impression qu'elle avait bondi et qu'il l'avait attrapée au vol, en l'air. Entre deux baisers elle lui dit:

«Je ne sais pas ce que c'est, mais décidément il y a quelque chose entre nous, quelque chose . . .

– C'est vrai», acquiesça Antoine.

Ils gagnèrent le studio et Déjanire alla s'étendre sur le lit conjugal.

Pendant une longue période, ensuite, Antoine n'eut pas

When he went back down the metro the faces of all the passengers seemed either stupid or malevolent. None of them appeared to be in any doubt about their importance or their right to occupy a certain volume of space and breathe their neighbour's air. None of them thought of showing any friendliness or concern for the others. Each one was wrapped up in his own thoughts or sat stony-faced and hostile. Antoine wanted to cry like a baby.

Déjanire called him the next day.

'I'm always coming to you,' he told her. 'Why not come to me for once. I'll give you lunch.'

When he opened the door, he noticed that she had put on a hat, a perfectly ugly, ridiculous one. She was smiling with all her buck teeth. Poor Déjanire! Being dressed up didn't suit her.

He made her take off her hat and coat and gave her a drink. Then while she was going round the room, having a good look at every object and every article of furniture, he went into the kitchen to cook lunch, steak and spaghetti. When the meal was over, he left her again to go and make coffee. She lit a cigarette.

The water was boiling when she came into the kitchen.

'How's it going?' she said.

Antoine poured the boiling water into the coffee-pot and put the saucepan back on the stove. Déjanire sprang into his arms. It was a real spring, at least Antoine had the impression that she had leapt and that he'd caught her in mid air as she was flying. Between two kisses, she said to him:

'What is it about us? I don't know what it is, but there's definitely something.'

'It's true,' Antoine agreed.

They came into the living-room and Déjanire went and lay down on the conjugal bed.

For a long time after that Antoine had no opportunity

l'occasion de retrouver Déjanire. Certains jours, il avait très envie de la voir, mais justement il n'avait pas le temps, ou bien la porte de la place des Fêtes était close. La vie les séparait, comme on dit. Déjanire finit ses études et Antoine apprit qu'elle s'était mariée et était partie en province, dans la Sarthe ou la Mayenne.

Chacun de nous a ses petits[8] pèlerinages, ses tombeaux. Une fois tous les cinq ans, peut-être, il arrive à Antoine de passer du côté de la place des Fêtes. On a rasé par là des quartiers entiers. Pourtant la vieille école qui servait de maison à Déjanire existe toujours. Antoine aimerait mieux qu'elle eût été démolie avec le reste. Mais elle est là, un peu tassée sur elle-même, à l'angle de la rue, il semble qu'il n'y a qu'à sonner à la porte. Et vraiment il doit se retenir pour ne pas aller sonner. Tout est tellement pareil. Derrière la fenêtre de droite, et ses rideaux, il y a la pièce où il dégrafait le corsage de Déjanire et caressait ses seins de dix-neuf ans. Quand il s'en va, il faut qu'il traverse au moins tout Paris pour oublier cette injustice que le temps lui fait, bien plus grande que toutes celles contre lesquelles il plaide au Palais, tout à fait irréparable. Ensuite, Paris est vaste et, jusqu'à la prochaine fois, il ne pense que rarement à la maison. Est-elle toujours là-haut ? N'a-t-on pas fini par l'abattre ? Il ne sait s'il doit souhaiter ou craindre de la revoir, le jour où il retournera place des Fêtes.

of going to see Déjanire. Some days he wanted very much to see her but then it turned out he hadn't the time or else there was no one in at the Place des Fêtes when he called. They went their separate ways, as the saying goes. Déjanire finished her studies and Antoine heard that she had got married and gone to live in the country somewhere in the Sarthe or Mayenne.

We all have our pilgrimages and our shrines. Once every five years perhaps, Antoine finds himself near the Place des Fêtes. Whole districts around there have been pulled down. Yet the old school which was Déjanire's house is still standing. Antoine would rather it were demolished with the rest. But there it is, looking a bit shrunken now, on the corner of the street. You'd think you'd only have to ring at the door. And indeed he has to stop himself from going and ringing. Everything is so much the same. Behind the window on the right, and its drawn curtains, is the room where he unfastened Déjanire's blouse when she was nineteen, and stroked her breasts. When he goes away, it takes him at least the whole journey across Paris to forget the injustice time has done him, far greater than those against which he pleads in court, utterly irreparable. But then Paris is vast and, until the next time, he doesn't often think of the house. Is it still up there? Haven't they finally knocked it down? And he's not sure whether he ought to want to see it again or be afraid to, the day he returns to the Place des Fêtes.

# JIMMY

### FRANÇOISE MALLET-JORIS

*Translated by Diana Saville*

# JIMMY

Basse sur pattes et large d'épaules, elle promenait sur un corps sans sexe un beau visage paysan: teint bronzé, yeux réfléchis, long museau renard. Ses cheveux noirs et plats étaient rejetés en arrière; sa voix nette et virile se distinguait à peine de celle des soldats par une note un peu fêlée, parfois, quand elle parlait de ses montagnes. On l'appelait Jimmy. Officiellement elle était interprète. Mais dans ce château, perdu au milieu des collines et des marais autrichiens, dans un enchevêtrement d'arbustes fins comme des cheveux, emmêlés comme des toiles d'araignée, elle n'avait rien d'autre à faire que de surveiller Olga, cette petite prostituée ramassée quelques mois auparavant, qu'elle avait nourrie, pansée, lavée, et à laquelle elle s'était attachée comme à l'animal ingrat et familier qu'on tire du ruisseau. Olga avait tout d'ailleurs du chat d'égout: très maigre, très jeune, une broussaille de cheveux clairs, et un rire égaré.

Les soldats attendaient un ordre de départ. Tous les soirs dans la grande salle, entre les meubles éventrés et les ballots déjà faits d'où s'échappaient ici un bijou dérobé, là quelque inutile lingerie, là encore une toile coupée hors de son cadre – et qu'à la première marche forcée, celui qui l'avait arrachée dans l'ivresse du pillage permis laisserait honteusement tomber au coin d'un bois – tous les soirs on dînait, on buvait la cave du comte, on hurlait des chansons obscènes, et on trinquait à la santé de la petite Olga qui dansait sur la table en déshabillé de Valenciennes, Ophélie déguisée en Bacchante.

# JIMMY

SHE had short legs and broad shoulders, but, above her sexless body, her face had the good looks of a peasant. Tanned skin, thoughtful eyes, a long foxy face. Her smooth, black hair was thrown back; her clear masculine voice was only just distinguishable from the soldiers' by its slightly breaking note when she spoke about her mountains. She was called Jimmy. She was officially an interpreter; but in this castle, lost in the midst of the Austrian hills and marshes, in a tangle of shrubs as delicate as hair and enmeshed like spiders' webs, she had nothing to do but watch over Olga, the little prostitute who had been picked up a few months earlier. Jimmy had fed Olga, patched her up, washed her and attached herself to the girl as she would to an over-friendly but unappreciative animal she had picked up out of the gutter. Moreover, Olga really gave the impression of a gutter-cat: she was very young and thin, had a shaggy mop of fair hair and a wild laugh.

The soldiers were waiting for their marching orders. They had dinner every night in the big dining-hall, surrounded by disembowelled furniture and ready-packed bundles. Here, there was a stolen jewel which emerged from the packs, there some useless lingerie, and there again a canvas which had been cut from its frame. The soldier who had seized this last article in the frenzied excitement of the authorized pillage would drop it shamefully in the recesses of a wood during the first forced march. Amidst this, they would drink the contents of the count's cellar, yell out obscene songs, and clink their glasses to the health of little Olga who used to dance on the table in a mere nothing of Valenciennes lace, Ophelia disguised as a Bacchante.

Le général vivait avec son lévrier dans la bibliothèque. On le trouvait toujours lisant; le chien faisait ses griffes sur quelque dictionnaire. Parfois l'officier paraissait au début du repas, mais il fuyait vite le tapage, les verres cassés, le vin rougissant les nappes damassées qu'une fois salies on entassait dans un coin. On se préoccupait peu de son absence: Jimmy était là pour égayer tout le monde, Jimmy et son joyeux visage brun, son revolver toujours prêt. «Le premier qui embête Olga, je l'abats comme un chien», déclarait-elle volontiers en le posant devant elle – Jimmy qui savait mieux que personne encourager d'une bourrade un soldat nostalgique, écrire pour une fiancée une lettre d'amour poétique qu'on n'avait plus qu'à recopier, soigner sans tendresse mais avec précision une blessure douloureuse, chanter de sa voix forte et fausse tous les couplets des *Trois orfèvres* ou de *l'Artilleur* et même en rajouter. Jimmy était leur camarade à tous. Ils la considéraient si peu comme une femme que jamais ils ne lui eussent offert de porter son sac pendant les longues marches de nuit: elle eût plutôt porté le leur. Ne lui était-il pas arrivé, pendant plusieurs heures, de charger sur son épaule robuste, comme une gerbe, Olga épuisée et endormie, ses cheveux blonds balayant le sol? Jamais ils n'eussent songé à rire de son corps épaissi, un peu tassé, tant il leur semblait peu un corps de femme, enfermé comme le leur dans un uniforme graisseux, taché de boue et de cambouis. Jamais ils n'eussent pensé qu'elle avait quarante ans. Elle était Jimmy, voilà tout; cela ne posait plus de question.

Les paysannes des environs suffisaient aux besoins de la

The general lived with his greyhound in the library. He was always to be found reading. The dog would sharpen his claws on some dictionary or other. Sometimes the officer would appear at the beginning of a meal, but fled quickly from the uproar, the broken glasses, and the wine reddening the damask tablecloths which were piled up in a corner once they were soiled. His absence gave them little concern; Jimmy was there to cheer everyone up, Jimmy, with her merry brown face and her revolver always ready.

'The first man who pesters Olga, I'll kill him like a dog,' she would say with relish, placing the revolver in front of her. And this came from Jimmy, who knew, better than anyone, how to cheer up a homesick soldier with a slap on the back. She could compose a poetic love-letter for a fiancée which only had to be copied out, she could care for a painful wound efficiently, if not gently; she could sing all the verses of 'The Three Goldsmiths' or 'The Gunner' in her strong, out-of-tune voice and even add on a few more. Jimmy was everyone's friend. The fact that she was a woman had so little effect on the men that they would never have offered to carry her pack during the long night marches; it was more likely that she would have carried theirs. Hadn't she already carried Olga for a number of hours, bearing her over her strong shoulder like a sheaf, her blonde hair sweeping the ground, when she was exhausted and fast asleep. They would never have dreamt of laughing at her thickened, somewhat squat body. It seemed so very little like a woman's body, wrapped up like their own in a greasy uniform, spotted with mud and dirty oil. They would never have thought of her as forty. She was simply Jimmy; that answered all questions.

The peasant women in the neighbourhood satisfied the

troupe. Mais s'il arrivait qu'un camarade trop longtemps poursuivi par Olga en folie, s'agrippant à lui comme une chatte, la bousculât dans un coin sombre, tous s'appliquaient à distraire l'attention de Jimmy, à lui cacher l'incident, et le coupable était pendant quelques heures toisé avec sévérité par vingt paires d'yeux remplis de soldarité masculine.

Jimmy et Olga couchaient dans la grande chambre qui donnait sur les marais; les brumes et les enchevêtrements de fins arbustes gris, les rousseurs de l'automne et la mono-tonie de cette attente sans nouvelles portaient parfois Jimmy à une facile mélancolie, qui du reste ne durait guère. Olga changeait de robe à chaque instant: les occupants du château étaient partis sans rien emporter, et les armoires pleines de linge et de robes, les coffrets où s'alignaient les bijoux de la châtelaine, ses parfums dans des flacons d'argent avaient été bouleversés sans pitié par les petites mains griffues. On s'était équitablement partagé les bijoux. Il fallait tout de même que chacun puisse rapporter à sa femme ou à sa petite amie un souvenir de la guerre. Mais tout le monde avait été d'accord pour laisser la garde-robe à Olga, et la petite prostituée, affolée par tant de richesses, courait dans les ronces avec les longues robes d'appartement de la comtesse, souillait et déchirait son linge, se baignait dans ses parfums, toute à la joie de salir, de déchirer, d'user ce qui avait été jusque-là soigneusement préservé.

Vers sept heures, le matin, Bravo, l'ordonnance, péné-trait brutalement dans le chaos parfumé de la chambre.

– Tu es prêt, mon vieux?

Il partait avec Jimmy chasser la sarcelle, le lapin, le canard, chasse problématique qui leur était prétexte à longues courses dans la rosée «pour entretenir les muscles», et surtout à des visites fréquentes l'arme au poing, dans les

needs of the troops. But if one of the men hustled Olga into a dark corner after she had been wildly pursuing him for hours, clinging to him like a cat, everyone would make an effort to distract Jimmy's attention and hide the incident from her. And, for a long time, the guilty man would endure the disapproving gaze of twenty pairs of eyes, all registering masculine solidarity.

Jimmy and Olga slept in the large bedroom which looked out over the marshes. The mists and the entangled growth of spindly, grey bushes, the reddish tints of autumn and the monotony of waiting without any news sometimes induced a mild melancholy in Jimmy, but this didn't last long. Olga kept changing her dress. The occupants of the castle had left without taking anything with them. Little clawing hands had rummaged mercilessly through the cupboards full of linen and dresses, the caskets where the jewels belonging to the lady of the house were laid out, the silver flasks containing her perfumes. They had shared the jewels out fairly amongst each other. After all, each man had to take a souvenir back from the war to his wife or girlfriend. But everyone had agreed to leave the wardrobe to Olga, and the little prostitute, excited by so many riches, ran through the brambles in the countess's long day-dresses, soiled and tore her linen, bathed herself in her perfumes, taking a delight in messing, tearing and ruining things which had till then been so carefully preserved.

At about seven in the morning, Bravo, the orderly, came abruptly into the perfumed chaos of the bedroom.

'Ready, old chap?'

He and Jimmy would go off to shoot teal, rabbits and duck. It was an implausible hunting expedition, which gave them a pretext to make long sorties in the dew ('to keep our muscles in working order') and, above all, to

fermes des environs d'où ils revenaient lentement, avec des œufs plein la ceinture, et quelque volaille domestique attachée par les pattes à un bout de ficelle. Leur arrivée était guettée, accueillie par des rires et des huées.

– C'est ça que vous avez tué à l'affût?

Et on montait réveiller Olga qui, en mantille de satin, préparait l'omelette ou le poulet rôti.

Mais l'ordre de départ n'arrivait toujours pas, et le séjour dans cet endroit de brumes, dans ce silence que chants et cris troublaient à peine finit par avoir raison même de la gaieté de Jimmy. La joie du gaspillage devint moins intense, disparut. On se lassa de coucher bottés dans les grands lits à baldaquins; la poussière s'accumula sur les ballots chargés de rapines. Le soir, on écrivait des volumes à sa famille, on buvait moins, on ne chantait presque plus. Le général daigna reparaître, donner quelques ordres auxquels on fut trop heureux d'obéir. A la lueur des grands chandeliers redressés, Jimmy et Bravo jouaient à la manille, à la belote[1], au poker. Couchée contre la cheminée, Olga qui avait repris sa robe de toile jouait avec le lévrier. L'arrivée des victuailles n'était plus qu'une diversion sans grand intérêt. Et leurs tuniques dégrafées, bâillant, côte à côte, se ressemblant comme deux frères, courtauds et un peu ventrus, Jimmy et Bravo prolongeaient leurs promenades du matin.

– Tu prends du ventre, mon vieux, disait l'une.

– C'est de notre âge . . ., répondait l'autre en s'étirant sans conviction.

Parfois encore quelque grande flambée de joie illuminait les soirs tôt commencés. On rôtit un veau dans la grande

visit the neighbouring farms at frequent intervals, clutching their pistols. They would slowly make their way back, after filling their belts with eggs, and tying a fowl by its feet with a piece of string. The men watched out for their arrival and greeted them with laughter and hoots. 'Is that what you've stalked and killed?' And someone would go upstairs to wake Olga who would prepare an omelette or roast chicken, dressed in a satin mantilla.

But the order to leave still did not come; and their stay in this place of mists, in this silence that was scarcely disturbed by singing and shouting, ended by getting the better of even Jimmy's gaiety. The pleasure of squandering other people's things became less keen and dwindled to nothing. They got tired of sleeping in their boots in the big four-poster beds. Dust accumulated on the bundles filled with plunder. In the evenings they wrote reams to their families, they drank less, they almost gave up singing. The general deigned to reappear and to issue some orders which they were only too happy to obey. In the glow of the large chandeliers, which were now back in place, Jimmy and Bravo would play manilla, belote and poker. Lying against the chimney-piece, Olga, who had put on her coarse linen dress again, would play with the greyhound. The advent of food was no more than a diversion of little interest. Jimmy and Bravo prolonged their morning walks; side by side they looked like dumpy and somewhat paunchy brothers, for their unhooked tunics were gaping open.

'You're putting it on around the stomach, mate,' she said.

'It's our age. . .' said the other, stretching himself without conviction.

Sometimes their evenings, which started so early, were still illuminated by a burst of high spirits. They roasted a

cheminée, chacun vida son litre plein, et Olga dansa sur la table entre les verres renversés.

Quelques jours plus tard, la bibliothèque du comte vomit, par-dessus une pile de dictionnaires écroulés, une collection d'estampes japonaises qui passèrent de main en main, avec des hurlements de rire. Olga gloussait en rougissant; une main posée sur sa nuque, Jimmy appréciait d'un air connaisseur, et tard dans la nuit, les hommes se criaient encore, d'une chambre à l'autre, d'énormes obscénités, avec de grands rires puérils.

Mais tout retomba dans la torpeur. Olga eut des crises de larmes, se donna éperdument à qui voulait la prendre. Elle rôdait dans les couloirs avec des gémissements de chatte, et le regard que Jimmy posait sur son revolver dégainé n'avait plus nuance de plaisanterie. Elle soupirait après le départ; mais parfois, quand elle souriait, une ombre de douceur au creux de la joue rappelait tout à coup à Bravo stupéfait que le vieil ami qui, en face de lui, fumait la pipe, avait été une jeune fille.

Cette torpeur devait provoquer un orage. Un soir enfin tout éclata. Plus ivre ou plus nerveuse que d'habitude, Olga qui attendait toujours pour s'offrir, que Jimmy eût tourné le dos, ou du moins fût absorbée dans quelque partie de cartes, se pendait au cou d'un soldat, excité mais un peu gêné, qui la repoussait de son mieux. En manches de chemise, Jimmy fumait la pipe, à cheval sur une chaise, devant la cheminée. Tout à coup:

— Mon petit, veux-tu me faire le plaisir de jeter cette petite putain à terre? dit-elle d'une voix rauque de colère.

calf in the big fireplace, each of them emptied his full litre of wine and Olga danced on the table between the over-turned glasses.

A few days later, the count's library disgorged, from behind a pile of dictionaries that had fallen down, a collection of Japanese etchings which were passed from hand to hand with howls of laughter. Olga chortled and went red; Jimmy cast the appreciative eye of the connoisseur on them, with one hand on the nape of her neck, and, late into the night, the men were still shouting violent obsceni-ties from one bedroom to another and laughing loudly like children.

But everything returned to its state of torpor. Olga had fits of crying and gave herself despairingly to anyone who wanted to have her. She prowled about the corridors howling like a cat on heat, and there was no glimmer of amusement in Jimmy's meaningful looks at her ever ready revolver. She longed for them to leave; but sometimes, when she smiled, a shadow of sweetness in the dimple of her cheek was a sudden reminder to Bravo that the old friend, smoking a pipe opposite him, had once been a girl, and he was startled.

The torpor could only produce a storm. Finally, one evening everything erupted. Olga was more drunk or more nervy than usual and was waiting for Jimmy to turn her back, or at any rate, get absorbed in some card game, so that she could throw herself at someone as usual. She was hanging around the neck of a soldier; he was excited but a bit embarrassed by this and was doing his best to push her away. Jimmy, in shirt sleeves, was smoking her pipe and sitting astride a chair in front of the fireplace. Suddenly:

'Will you do me a a favour and throw that little tart on the floor, dear boy?' she said, in a voice raucous with anger.

Le garçon en riant essayait de se débarrasser d'Olga, mais rendue furieuse par l'apostrophe, celle-ci s'agrippait à lui, sans qu'il pût lui faire lâcher prise.

Tout à coup elle poussa un cri. Jimmy qui avait dégrafé son ceinturon lui en assenait un grand coup sur les reins; Olga se redressa immédiatement, se jeta sur elle en hurlant de rage. De sa large main, Jimmy l'avait sans peine jetée sur le sol, et tandis qu'elle y demeurait prostrée en sanglotant, allait se rasseoir tranquillement, si l'autre en proie à une véritable crise d'hystérie, ne s'était pas mise à crier d'une voix étranglée de larmes et de fureur:

– Ah! c'est facile de me battre, de faire la loi aux autres, de sortir ton revolver! Mais tu ne t'imagines tout de même pas que tes guêtres et ta pipe, ça remplace un homme? Ce n'est pas un fusil qu'il me faut, espèce de vieille folle, c'est . . .

Elle se tut. Jimmy marchait vers elle, dans le silence stupéfié de tous ces hommes dont elle avait blessé – aussi étrange que cela parût – la pudeur. Les yeux de Jimmy étaient si terribles que dans une angoisse presque semblable à celle de la mort, la fille s'aplatit contre le sol, griffant les dalles de ses doigts crispés. Mais comme l'autre, par le cou et par les poignets, la saisissait, pour l'emporter sans doute, griffant, mordant, s'agitant avec fureur, elle réussit à saisir le col de la chemise trop large, et avec un crissement soudain l'étoffe se déchira laissant apercevoir à Bravo et à ses camarades au comble de la gêne un sein brun, flasque et ridé. Comme il se fût précipité sur un champ de bataille pour la traîner, blessée, vers une ambulance, Bravo qui sentait cette humiliation pire qu'une blessure se précipita vers celle qu'il appelait toujours «mon vieux copain» et, maintenant d'une main la faible fille hurlante, aida pieusement Jimmy à mettre sa tunique, pour lui remettre ensuite Olga par la peau du cou, comme un petit chat qu'on va

The boy, laughing, tried to push Olga off; but she was infuriated by the outburst and clung on to him, so that he couldn't get her to let go.

Suddenly, she cried out. Jimmy, who had unhooked her belt, dealt her a mighty blow on the back. Olga straightened up immediately and hurled herself on her, howling with rage. Jimmy had thrown her effortlessly on the ground with her big hands and, whilst she lay there prostrate with sobs, was calmly going to sit down again – if the other girl, who was in the grip of a genuine fit of hysterics, had not begun to scream in a voice strangled with tears and fury:

'Oh! it's easy to hit me, and lay down the law for others and pull out your revolver! But do you really think your pipe and gaiters take the place of a man? It's not a rifle I need, you stupid old bag, it's . . .'

She fell silent. Jimmy was walking towards her; all the men were stupefied, silent, their sense of decorum had been offended by her – strange as it may seem. The look in Jimmy's eyes was so terrible that the girl fell flat on the ground, clawing the flagstones with clenched fingers, in an anguish which almost resembled that of death. But as Jimmy seized her by the neck and wrists, apparently to carry her off, she scratched, bit, wriggled with fury and managed to grasp the collar of Jimmy's overlarge shirt. With a sudden ripping noise, the material tore, allowing Bravo and his colleagues, who were overcome with embarrassment, to see a brown, flabby and wrinkled breast. Just as he would have leapt onto the battlefield to drag a wounded Jimmy to an ambulance, Bravo, who felt this humiliation worse than a wound, leapt towards the woman he always called 'my old mate' and, holding the weak, screaming girl with one hand, reverently he helped Jimmy put on her tunic, and then returned Olga

noyer. Dans les couloirs, les hurlements de celle-ci, à moitié étranglée par une poigne de fer, décrurent. Quelques minutes plus tard un bruit pareil à un claquement de porte parvint aux oreilles de Bravo, et quand Jimmy, sa tunique bien sanglée, à peine pâlie, vint achever leur partie de cartes, personne ne lui demanda rien. Mais elle remarqua qu'on ne la regardait pas en face, et ses mains tremblaient légèrement en donnant les cartes.

Le lendemain à l'aube, Bravo vint la chercher comme d'habitude, mais ce n'était pas pour la chasse. Ils se frayèrent un chemin à travers les branches, jusqu'à l'eau.

— Heureusement, les marais sont là pour un coup! dit-elle en s'essuyant les mains à son pantalon khaki.

Ils revinrent plus lentement. Un timide soleil dorait le haut des arbres et les buissons pleins de rosée.

— Tu crois qu'ils n'y penseront plus? demanda-t-elle tout à coup.

C'était la première fois que Bravo voyait de la crainte sur ce visage énergique: cela lui fit de la peine.

— Pourquoi veux-tu qu'ils y pensent?

Il la regarda bien en face.

— Et si jamais . . . c'est la guerre, après tout . . .

— C'est juste, dit Jimmy en riant. Une ou deux grenades bien placées, et j'ai une chance de passer pour le soldat inconnu.

L'agitation régnait au château.

— On part! cria quelqu'un dès qu'ils furent à portée de la voix.

Le hasard faisait bien les choses: Bravo alla prendre les ordres du général. En revenant, il voulut voir ce que faisait «son camarade». Dans la chambre en désordre, accroupie sur le parquet souillé de taches sombres, la pipe aux dents, et la posant de temps en temps pour siffloter, Jimmy entassait dans son sac les derniers bijoux de la comtesse.

— Ah! dit Bravo sans réfléchir, toi, t'es un homme!

to her by the scruff of her neck like a small cat that's going to be drowned. Her cries, half strangled by an iron grip, grew faint in the corridors. A few minutes later, a sound like a door slamming came to Bravo's ears, and when Jimmy came to finish their card game, her tunic carefully done up, hardly any paler, nobody asked her anything. But she noticed that they did not look at her directly, and her hands trembled slightly as she dealt out the cards.

At dawn the following morning, Bravo came to look for her as usual, but not to go hunting. They forced their way through the branches, until they reached the water.

'For once I'm glad the marshes are there,' she said, wiping her hands on her khaki trousers.

They returned more slowly. A faint sun gilded the tops of the trees and the dew-covered bushes.

'Do you think they'll forget all about it?' she asked suddenly.

It was the first time Bravo had seen fear on her energetic face. It made him sad.

'Why should they remember?' He looked her straight in the eye. 'And what if they do . . . it's wartime after all . . .'

'That's true,' said Jimmy, laughing. 'One or two well-placed grenades and I might well become the unknown soldier.'

The castle was in an uproar.

'We're off!' said someone as soon as they were within hearing. A stroke of chance, you might call it. Bravo went off to get orders from the general. When he came back, he wanted to see what 'his mate' was up to. Jimmy was in the untidy bedroom crouching on the parquet floor which was stained with dark spots. From time to time she took out the pipe between her teeth, to whistle. She was stashing the last of the countess's jewels into her bag.

'Ah!' said Bravo impulsively, 'You're a real man.'

# THE UNKNOWN SAINT

## BLAISE CENDRARS

### Translated by Mark Treharne

# LE SAINT INCONNU

à Raymone

Est-il mort en 1933 ou en 1935?

Je ne sais.

Pas plus que je ne sais, d'ailleurs, le nom de cet homme mort il y a quelques années à peine et dont je m'improvise déjà l'hagiographe.

Il s'agit du sacristain de la cathédrale de Santiago-del-Chili,[1] du «petit sacristain» comme l'appelaient mes belles amies chiliennes qui, les premières, m'ont parlé de lui, déjà des années avant la crise, de «notre grand sacristain» comme elles le nomment maintenant que la crise les a fait rentrer dans leur beau petit pays du bout du monde, les rares amies qui ne m'ont pas oublié, non, que Dieu m'en garde! mais qui sont juste assez frivoles pour me donner – et cela grâce à l'avion d'Air-France qui leur apporte dans la semaine la dernière mode de Paris – inopinément des nouvelles de leurs succès, de leurs triomphes parmi la *gentry* de leur patrie, de leur vie de famille retrouvée, de leur vie mondaine transplantée, des nouveautés qu'elles y ont introduites dans les rapports plus libres entre hommes et femmes, ce qui a fait sensation là-bas, de leur réadaptation aux coutumes et à la tradition par l'intermédiaire de leurs enfants, enfants que j'ai connus tout petits, que j'ai vus naître dans le quartier de l'Étoile et dont on m'annonce soudain que, sur la côte du Pacifique ou dans une vallée écartée de la Cordillère des Andes, Bébé Pachéco a épousé son cousin, l'heureux propriétaire de Las Délicias, la plus grande ferme laitière du pays, et que le fils de Paco et de

# THE UNKNOWN SAINT

WAS it in 1933 or in 1935 that he died?

I don't know.

Any more, for that matter, than I know the name of this man who died only a few years ago, yet here I am presuming to write a hagiography.

I'm talking about the sacristan of the cathedral of Santiago-de-Chile, 'the little sacristan' as he was called by my lovely Chilean girlfriends who were the first to mention him to me some years before the crash. They call him 'our great sacristan' now that the crash has forced them to return to their beautiful little country at the world's end: those of them that is who haven't forgotten me, no, so God help me! but who are just frivolous enough – thanks to the weekly Air France flight that brings them the latest Paris fashions – to surprise me with the news of their happy fortunes, their conquests among the 'gentry' of their country, the family life they've gone back to, their uprooted society life, the novelties they've introduced into the freer relations that now exist over there between men and women (something that made a sensation there), the way they have readapted themselves to custom and tradition through their children. These were children I knew when they were tiny, whom I saw being born in the Étoile district, and now, I suddenly get this sort of news about them: that on the Pacific coast, or in a remote valley of the Andes, Bébé Pachéco has married her cousin, the lucky owner of *Las Delicias*, the biggest dairy farm in the

Maria, cet enfant gâté de Claude-André, qui terrorisait les voyageurs et le personnel du Claridge en faisant de la trottinette dans les corridors de l'hôtel, bousculant, une fois, le maharajah de Kapourtala, une autre fois, Isadora Duncan, et jetant quotidiennement l'effroi dans le clan des gouvernantes anglaises en train de prendre le thé à l'étage, vient de partir dans les minières de nitrates pour tâcher de remettre en état et d'exploiter à outrance, par des procédés ultra-modernes, les antiques mines d'argent et de cuivre qui faisaient jadis l'orgueil, la fortune de la famille et qui n'étaient plus en activité depuis le décès de son bisaïeul; et c'est ainsi que par ce bavardage j'apprends et je constate, non sans plaisir, que toute cette génération froufroutante,[2] évaporée d'élégantes grandes dames créoles entichées de Paris, ayant dû quitter la France aux environs de 1929, tout en donnant le ton en débarquant, a renoué avec joie avec les us romanesques, raffinés, mais pas à la page du tout de la société blanche de la capitale de son pays et a redécouvert avec émotion les petites gens du peuple si chers au cœur de tout Sud-Américain: les nounous indiennes; les jeunes servantes quechuas[3] grandies dans la famille; les fidèles serviteurs métis attachés de père en fils à la *hacienda*[4] du maître, et qui ont une véritable dévotion pour leur petite patronne blanche qui entre dans la maison; les artisans, tous plus ou moins de sang mêlé, et si dévoués, si empressés, mais malicieux, polis, et si adroits: les pittoresques marchands des rues qui crient les *impanadas* chaudes et savoureuses, ces beignets fourrés qui vous emportent la bouche et qui sont, brûlants de piments, pour moi à l'image des volcans du Chili; les vendeuses qui portent en équilibre sur leur tête un éventaire étourdissant de couleurs et de parfums, des sucreries épanouies ou en bouquets serrés comme des fleurs; les veuves et les filles, ouvrières de patients petits ouvrages à l'aiguille ou au fuseau, de délicats petits riens

region; or that the son of Paco and Maria, that pampered
Claude-André, who used to terrorize the guests and staff
of the Paris Claridge by riding a scooter through the
corridors of the hotel, knocking once into the Maharajah
of Kapurtala and another time into Isadora Duncan and
daily creating havoc amongst the clan of English gover-
nesses taking tea upstairs – that he has just gone off to the
nitrate mines with the idea of using ultra-modern methods
to try and get his old silver and copper mines started up
again and work them to the full (they were once the pride
and fortune of his family, but they've not been worked
since his great-grandfather passed away). So it is through
all this gossip I discover, not without pleasure, that
this whole fluttering, feather-brained generation of
elegant Creole ladies who were infatuated with Paris and
had to leave France around 1929, setting the tone as they
stepped ashore, have joyfully renewed contact with the
exotic, refined (though in no way modish) customs of
white society in their country's capital, and have been
thrilled to come back to the ordinary people who are so
dear to every South American's heart: the Indian nannies;
the young Quechua servant-girls who have grown up
along with the family; the trusty half-caste retainers who
have been attached to their master's *hacienda* for generations
and who are truly devoted to the little white mistress who
comes into the house; the craftsmen, all of them more or
less half-caste, so devoted to their work, so obliging, yet
malicious, polite, and so skilled; the colourful street-
vendors who shout out their wares – hot, savoury *impanadas*, those stuffed fritters that burn your mouth with their
red-hot pimento which reminds me of the Chilean vol-
canoes; the women vendors who balance on their heads
trays, dizzying you with colours and smells, their sweet-
meats spread out or tied up in bunches like flowers; the

en coquillages ou en graines versicolores, d'ingénieux petits
objets porte-bonheur en crin, en peau d'âne, en cuir ajouré,
en filigrane d'or ou d'argent, en nacre, en écaille; des
gamins qui louchent et qui vous offrent des gros cigares ou
des billets de loterie; des vieux vanniers qui sont aussi
diseurs de bonne aventure, et des vieilles sorcières aveugles
qui vous mettent dans le creux de la main un sachet de
safran, une touffe d'herbettes des champs et, dans une
minuscule capsule scellée d'une goutte de cire, contre les
peines d'amour, disent-elles, «une gorgée d'oiseau», qui est
de la rosée du ciel recueillie avant le lever du jour dans la
montagne; *el pueblo de nuestra terra*, tout ce menu peuple
de métis, pauvre, noble, taciturne, rêveur, superstitieux,
artiste, doux, complaisant et sale, d'une mentalité absolument étrangère à celle, brutale et intéressée du prolétariat
européen, peuple dont mes belles correspondantes avaient
gardé la nostalgie même à Paris, puisque toutes m'ont parlé
au moins une fois, dans leur salon, au bal, au cabaret,
familièrement et avec foi, du sacristain de la cathédrale de
Santiago comme du plus gentil, du plus humble, du plus
brave des leurs.

Un saint.

Et c'est de lui, de cet homme du peuple, du «petit sacristain», comme on disait de son vivant, du «grand sacristain», comme on l'appelle depuis qu'il est mort, que je
voudrais écrire . . .

Mais comment puis-je avoir l'audace de m'improviser
son hagiographe, moi, qui ne sais pas au juste l'année de la
mort, qui ignore même le nom de ce fidèle et obéissant
serviteur de Dieu, que toute sa ville vénérait, qui est mort
en odeur de sainteté, et dont, me prévient la dernière lettre

widows and old maids, working patiently with needle or shuttle, or producing delicate little fripperies out of shells and multicoloured seeds, ingenious little keepsakes on horsehair, mule-hide, punched leather, gold and silver filigree, mother-o'-pearl, tortoiseshell; squinting street kids who try to sell you large cigars or lottery-tickets; old basket-makers who are also fortune-tellers; blind old witches who place a little bag of saffron in the palm of your hand together with a tuft of wild grass, and a tiny little phial, sealed with a drop of wax, to ward off the pangs of love, containing (they say) 'a bird's sip', the dew of heaven collected in the mountains before sunrise; *el pueblo de nuestra terra*, all these ordinary people of mixed blood, poor, noble, taciturn, dreamy, superstitious, artistic, gentle, obliging and dirty, with an utterly different mentality from that of the hard, self-seeking proletariat of Europe, a people for whom the beautiful women who wrote to me were still nostalgic, even when they were living in Paris, for they all spoke to me at least once – in their drawing-rooms, at dances, in cabarets – and in terms of familiarity and trust, about the sacristan of Santiago cathedral, as of the nicest, the most humble, and the most decent of their people.

A saint.

This man from the people, the 'little sacristan' as he was known in his lifetime, the 'great sacristan' as he has become known since his death, it is about him that I want to write...

But how can I have the audacity to set myself up as a hagiographer? I don't know the exact year of his death, and have no idea of the name of this faithful and obedient servant of God, venerated by his whole town, who died in odour of sanctity and whose beatification, according to the

arrivée par la voie des airs du lointain, lointain Chili, le procès de béatification est en instance à Rome?

Son nom? Il est réservé à l'Eglise de le proclamer *urbi et orbi*, après tant d'autres noms, quand elle jugera que les temps seront venus. Et comme, silence qui m'a troublé parce qu'il obéit, je le devine, à je ne sais quelle loi mystique, personne parmi ses contemporaines, ses compatriotes, ses fidèles, ses dévotes qui m'ont occasionnellement parlé de lui, n'a jamais songé à me dire son nom, voire son petit nom de baptême, je ne crois pas anticiper sur l'avenir ni sortir de mon rôle de narrateur étranger en racontant ce que je sais par ouï-dire du sacristain de la cathédrale de Santiago-del-Chili et je ne crois pas non plus être présomptueux ni enfreindre aucune règle d'humilité, de silence, ou de secret en le nommant provisoirement comme je le fais: le Saint inconnu. Par contre, je considère comme un privilège extraordinaire, pour un auteur qui n'a pas la foi, de pouvoir contribuer, à l'instar de Jacques de Voragine et de sa *Légende dorée*,[5] aujourd'hui, à la formation d'une légende.

La voici, donc. Ou du moins, tout ce que j'en sais. C'est fort peu de chose pour un saint. Mais c'est tout de même beaucoup, puisqu'il s'agit en définitive d'un homme ... d'un pauvre ... d'un pauvre d'esprit.

Sans être idiot, le sacristain était un peu fada ou pour le moins innocent, et, enfant, il avait été longtemps malingre, souffreteux.

Comme il avait six doigts à la main gauche, il avait la manie de cacher cette main monstrueuse dans la ceinture de son pantalon et de vouloir tout faire de l'autre main, comme s'il avait été manchot, ce qui lui donnait une allure légèrement contorsionnée quand il s'affairait dans la cathédrale. Il n'était nullement maladroit, mais le plus souvent il ne faisait rien. C'était un long type maigre,

last letter I received by airmail from faraway Chile, is proceeding in Rome.

His name? It is the Church's prerogative to proclaim it *urbi et orbi*, after so many other names, when she judges the time ripe. And there is a silence that I've found disturbing because I see it as obeying some mystic law: not one of his contemporaries, of his fellow-countrymen, of his flock, of his devotees, who has chanced to speak to me about him, has ever dreamt of telling me his name, his Christian name, I mean. So I don't think I'm anticipating, or abusing my role of outside narrator, if I recount what I've heard about the sacristan of the cathedral of Santiago-de-Chile; I don't even think I'd be presumptuous or transgressing the rules of humility, silence and secrecy, if, for the present, I call him what I do: the Unknown Saint. In fact, I consider it an extraordinary privilege for a writer who is not a believer to be able, in the manner of Jacques de Voragine and of his *Golden Legend*, to contribute, today, to the creation of a legend.

So here it is. At least, everything I know about it. Very little for a saint in fact. But in a way it is a great deal, since we're dealing in the end with a man . . . a poor man . . . a poor simple-minded man.

Without being an idiot, the sacristan was a bit soft in the head, or at least innocent, and he had been sickly and peaky for a long time when he was small.

He had six fingers on his left hand, and was obsessed with hiding this monstrous feature in his trouser-belt, and with wanting to do everything with the other hand, as if he was one-handed; this gave him a slightly contorted way of walking as he busied himself about the cathedral. He was in no way clumsy, but more often than not he did nothing. He was a long, thin man, loosely-built, with a

dégingandé, avec une toute petite tête rasée, teigneuse, une pomme d'Adam proéminente, une bouche largement fendue, triste, qui pendait, et des yeux noirs, immenses et vides, qui regardaient on ne sait où, on ne sait quoi, ailleurs, mais qui provoquaient un choc nerveux quand par hasard ils se posaient sur vous. Mais, généralement, le sacristain était distrait, traînait la savate, bayait aux corneilles.

Il était fils unique.

Son père était un pauvre Indien quechua et sa mère une pauvre ouvrière italienne qui se louait à l'époque des vendanges ou pour la récolte du maïs.

Le père vendait des piments. Tous les matins on pouvait le voir sur le parvis de la cathédrale, accroupi devant un carré d'étoffe où étaient exposés des petits piments secs de Tucuman, des gris, des rouges, des verts, des bleus, des noirs, qu'il disposait comme une mosaïque en un dessin naïf et barbare que certains prétendaient être un zodiaque solaire, le vieil Indien passant dans le peuple pour se livrer à l'astrologie; et les après-midi, sa femme étant en journée, on était sûr de la trouver chez lui, dans sa misérable hutte, à l'entrée de la route de Valparaiso. Là, couché à même le sol, entre les bois, encadré par les montants d'un lit sans matelas, ni sommier, ni draps, ni couverture, il est vrai, mais monumental tout de même, car ce cadre, ces bois sculptés dataient de l'époque coloniale, un rondin sous la tête, tirant sur sa courte pipe qui à la longue lui brûlait la paume des mains, il restait jusqu'au soir en contemplation devant une vieille lithographie en couleurs de Napoléon, épinglée en face de lui au mur d'adobe. C'était un vieux radoteur, ratiocinant et prophétique, du moins les gens le croyaient qui venaient le consulter au sujet des tremblements de terre, d'une fréquence et d'une périodicité quasi mathématiques au Chili.

tiny little head, close-cropped and scurvied, a protruding Adam's apple, a wide gash of a mouth, sad and drooping, and huge, empty black eyes that stared nowhere and at nothing, they were elsewhere, but when they happened to light on you they startled you. But usually the sacristan was absent-minded, had a down-at-heel look, and stared into space.

He was an only child.

His father was a poor Quechua Indian, his mother a poor Italian worker who hired herself out in the grape-picking season or for the maize harvest.

His father sold pimentos. Every morning you could see him in front of the cathedral, squatting in front of a square piece of cloth where the small, dried Tucuman pimentos would be on display – grey, red, green, blue, black. He used to lay them out like a mosaic to form a simple, primitive pattern, claimed by some to be a solar zodiac, for it was common belief that the old man was given to astrology. During the afternoon, when his wife was out working, you would be sure to find him at home, in his poor hut, at the point where the Valparaiso road begins. He'd lie flat on the ground, inside the frame of his bed, encompassed by the bedposts. It is true that this bed had no mattress, no springs, no sheets and no covering, but it was nonetheless monumental, because the frame and the wooden carvings dated from the colonial era, and he would rest his head on a log of wood, and puff on his stubby pipe which eventually burnt the palms of his hands. He stayed there until evening, gazing at an old colour lithograph of Napoleon that was pinned up on the opposite wall of the mud hut. He was an old hand at talking on and on, arguing in circles interminably and predicting the future, at least that was the opinion of the people who came to consult

La mère, quand elle ne se louait pas aux champs, travaillait chez des compatriotes italiens, des petits colons de la banlieue ouest, très âpres au gain, qui se servaient d'elle comme d'une bête de somme, et, du matin au soir, à n'importe quelle heure de la journée, on pouvait la rencontrer en ville, montant et descendant les escaliers des maisons particulières où elle allait livrer fruits et légumes, avec d'énormes charges sur la tête. C'était une grande femme brune, maigre, en sueur, dépoitraillée, taciturne et très dévote, car elle avait sa croix, et qui allait nu-pieds.

Sa croix, c'était son petit garçon, venu sur le tard, inattendu, pas espéré du tout, un enfant de vieux, avec cette honte de ses six doigts à la main gauche, et qui, bébé, était tombé sur le crâne, ce qui faisait qu'il était resté très arriéré et que sans la bonté de M. le Doyen, qui l'avait pris sous sa protection, jamais il n'aurait pu faire sa première communion, n'arrivant pas à réciter l'*Ave Maria* jusqu'au bout et n'ayant retenu de l'enseignement religieux que cette unique phrase de Jésus, phrase que le sacristain répétait à satiété: «Laissez venir à moi les petits enfants!»

Pauvre idiot et pauvre mère qui avait eu honte de son fils, car, avant que M. le Doyen n'ouvrît à son petit l'asile de la cathédrale, les enfants des autres le poursuivaient, lui tirant des pierres et chantant:

> Il a six doigts à la main gauche,
> Un pouce et puis une griffe,
> Quatre petites pattes de trotte-menu
> Et une fière tête de mule!
> Hou! Hou![6] Le vilain, vilain petit,
> Le vilain petit loup-garou!

him about earthquakes – they occur regularly and with almost mathematical frequency in Chile.

His mother, when she was not out on hired field labour, worked for her Italian countrymen, small settlers from the western outskirts of the city, who were set on making money and who treated her like a beast of burden. You might come across her in the city, at any time of the day between morning and evening, going up and down the stairways of the private houses where she went to deliver fruit and vegetables, carrying huge loads on her head. She was a tall, dark-haired woman, thin, covered in sweat, her dress half-open, silent, very pious (for she had a cross to bear) and she went about barefoot.

The cross she had to bear was her small son, born late in life, unexpected, unwanted, the child of old parents, bearing the shame of six fingers on his left hand. He had fallen on his head as a baby, which had made him very backward, and if it hadn't been for the kindness of the Reverend Dean, who'd taken him under his wing, he'd have never been able to make his first communion, for he couldn't manage to say the *Ave Maria* right through, and all he'd grasped from his religious instruction was this one saying of Jesus (it was a saying that the sacristan repeated endlessly), 'Suffer the little children to come unto me!'

Poor fool. Poor mother, ashamed of her son; for until the Reverend Dean took her small child into the protection of the cathedral, other people's children used to chase him, throw stones at him and sing:

> His left hand's got six fingers
> He's got a thumb and claw
> Four little mousey, mousey paws,
> And a proper donkey's jaw.
> The nasty, nasty little boy,
> He's the bogeyman! He-Haw!

Ces détails je les tiens par hasard de Juanita T . . ., alors qu'allongés sur la plage, nous prenions un matin un bain de soleil et que Juanita, grisée par la lumière, irradiante à la méridienne, de la *Concha*, et qui m'avait particulièrement à la bonne ce jour-là, s'était mise d'impromptu à me parler de son enfance au Chili; quant à la chanson des gosses de Santiago, Juanita me l'a chantée le soir même dans sa Rolls-Royce, sur la route de la frontière, alors que, profitant de notre balade à Saint-Sébastien, où nous nous étions ravitaillés pour améliorer nos cocktails, nous rapportions à Biarritz quelques bouteilles de pernod, de l'absinthe d'avant-guerre, dissimulées sur le plancher de la voiture longue comme un wagon-lit, bouteilles que calait la couverture de vigogne qui nous moulait les jambes.

C'est encore Juanita qui m'a raconté une autre fois l'anecdote suivante: Un jour, comme elle partait en corvée, la mère du sacristain avait appelé la petite fille d'une voisine pour lui confier son bébé durant son absence. La fillette était aux anges. Elle chantait et faisait sauter le poupon dans ses bras. Le bébé riait et la fillette le faisait sauter de plus en plus haut quand, tout à coup, elle s'aperçut de sa griffe, de son sixième doigt à la main gauche! De saisissement, la fillette de la voisine laissa choir le poupon et s'enfuit à la maison en poussant des cris. Quant au petit bébé, il était tombé sur le crâne, et cette pauvre chose de l'Italienne et de l'Indien resta longtemps inanimée, puis engourdie.

Mais ce n'est pas Juanita, mais bien sa sœur Pomposa, la belle Mme de R . . . qui, la première, m'a parlé du «petit sacristain». J'étais très lié avec Mme de R . . . et très souvent nous sortions le soir ensemble. Une nuit que je l'avais menée dans une boîte de Montparnasse, car elle avait eu envie d'aller danser avec des nègres et elle s'en était donné

I have gathered these details by chance from Juanita T . . . We were both stretched out on the beach sunbathing one morning, and Juanita, tipsy with the light that was radiating from La Concha beach at noon, and because I was very much in her good books, suddenly began to tell me about her childhood in Chile. She sang this Santiago children's song to me that very evening in her Rolls-Royce as we were driving on the road to the border. We'd taken advantage of our trip to San Sebastian to replenish our supply of drink, and we were coming back to Biarritz with a few bottles of Pernod and pre-war absinth hidden on the floor of the car (it was as long as a *wagon-lit*). The bottles were wedged in under the vicuna rug that was tucked round our legs.

It was also Juanita, who, on another occasion, told me the following story. One day the sacristan's mother, who was going off to her day's work, had a neighbour's small daughter look after her baby while she was away. The little girl was ecstatic. She was singing and bouncing the baby in her arms. The baby was laughing and she bounced him higher and higher until she suddenly noticed his claw, the sixth finger of his left hand! In her shock, the neighbour's little girl dropped the baby and fled home screaming. And the little baby had fallen on his head, and the poor mite, born of an Italian mother and an Indian father, remained unconscious for a long time and afterwards dazed.

It was not Juanita, but her sister Pomposa, the beautiful Madame de R . . . , who first spoke to me about the 'little sacristan'. I was very close to Madame de R . . . and we often went out together in the evening. One night when I had taken Pomposa to a club in Montparnasse because she wanted to go and dance with negroes and couldn't get

à cœur que veux-tu, Pomposa, subitement nerveuse,
m'avait dit, en me pinçant le flanc:

– Allons-nous-en, cher! Cette musique me fait mal.
Dieu, quelle nostalgie! Ces nègres sont des exilés; peux-tu
me dire ce qu'ils ont perdu? Ils attendent quoi? la fin du
monde ou la venue du paraclet? Allons-nous-en, cher, ils
font mal à voir ...

Et c'est alors, en la raccompagnant à son hôtel, marchant
dans des rues qui se faisaient de plus en plus désertes comme
nous approchions de la Concorde, que j'appris de Pomposa, qui se faisait de plus en plus lourde à mon bras,
l'existence du petit sacristain de Santiago-del-Chili.

– Tu comprends, me disait cette femme intelligente, mais
intimement remuée et qui cédait à je ne sais quelle trouble
réminiscence, c'est un être merveilleux et qui est doué
d'une puissance miraculeuse: il aime tellement les enfants
qu'on dirait qu'il les fait venir ...

Et Pomposa de me raconter avec volubilité:

– En France, vous avez Notre-Dame de Chartres, la
Vierge Noire, où maman m'avait menée trois ans après
mon mariage. Tu sais que je ne pouvais pas avoir d'enfant,
et Pinto en était fort triste. On m'avait déjà menée aux
eaux en Autriche et en Italie et aussi fait subir toutes
espèces de traitements et d'interventions en Allemagne et
en Angleterre. Rentrée au Chili sans espoir d'avoir un
héritier, la vieille Mme de Ferrancaballero-Meredith me
conseilla d'aller voir le petit sacristain de la cathédrale qui,
durant mon séjour en Europe, avait fait de si nombreux
miracles qu'il était devenu célèbre, non seulement dans la
capitale, mais dans toute l'étendue du pays. Renseigne-
ments pris, il paraît qu'on venait le voir du Nord et du
Sud, et non seulement des campagnardes ou des femmes du
peuple superstitieuses, mais des femmes de la société, dont
on me citait le nom, et jusqu'à des femmes de la colonie

the idea out of her head, she suddenly got jittery, pinched my side and said:

'Let's go, darling! This music makes me feel ill. God, what memories! These negroes are exiles; do you know what they have lost? What are they waiting for? The end of the world or the coming of the Paraclete? Let's go, darling, I can't bear to watch them . . .'

And so it was that Pomposa, as I accompanied her back to her hotel through streets that became more and more deserted towards the Concorde, and she weighing down more and more on my arm, informed me of the existence of the little sacristan of Santiago-de-Chile.

'You see,' she said – she was an intelligent woman, but deeply agitated at that moment and yielding to some confused memories stirring inside her – 'he's a marvellous person, with miraculous powers. He loves children so much that it is as if he made them come . . .'

And she went on to tell me in a flood of words:

'In France you've got Our Lady of Chartres, the Black Virgin – my mother took me to her three years after I got married. You know that I couldn't have a baby and Pinto was very unhappy about it. I'd already been taken to watering places in Austria and Italy, and had to have all sorts of cures and intensive treatments in Germany and England. When I got back to Chile and there was no hope of me having an heir, old Madame de Ferrancaballero-Meredith advised me to go to the cathedral and see the little sacristan, who had performed so many miracles while I was away in Europe that he'd become famous, not only in the capital, but throughout the whole country. As soon as people knew about it, they apparently came from north and south to see him, and not just women from the country or ordinary superstitious people at that, but society women, whose names were told me, even women from the foreign

étrangère, dont l'épouse du consul du Danemark à Valparaiso, une protestante, qui avait été exaucée après une
visite à notre humble petit saint bonhomme. Rosita, ma
femme de chambre, avait voulu m'arranger une entrevue
secrète car j'avais honte d'aller trouver publiquement, et
pour ça, ce sacristain; mais «le petit» s'y était refusé. Je
dois te dire que le sacristain de Santiago avait horreur de la
publicité qui se faisait autour de son nom et que lui «il ne le
faisait pas exprès» comme il l'avait déclaré un jour à mon
oncle Thomaz, le doyen de la cathédrale, qui le tançait et
menaçait de l'interdire s'il ne cessait illico ses soi-disant
miracles dont on parlait trop et qui finiraient par leur attirer,
à tous deux, des ennuis avec Rome. Mais la foule des
malades se faisait tous les jours plus nombreuse qui envahis-
sait la cathédrale, qui se pressait sur le passage du guérisseur
surmené, et notre pauvre petit sacristain, pour obéir à son
protecteur et ne pas être une cause de scandale, avait beau
la fuir, il était attiré par la foule, s'apitoyait, s'approchait
et, n'y tenant plus, se penchait sur les misères de chacun,
posant sa main droite sur les plaies, les ulcères, ses yeux sur
le ventre des femmes stériles, sa bouche sur celle des
enfants expirants qu'on lui présentait, rendant la santé,
l'amour, la vie, accomplissant des prodiges, souvent à son
insu, car, comme m'a dit une brodeuse, la mère d'une
jeune fille paralysée qui s'était dressée et s'était mise à lui
courir après, en apercevant le pauvret, intimidé, battre en
retraite un jour de trop grande affluence, se sauver au fond
de la nef pour aller s'enfermer dans la sacristie: «Même
quand il ne le veut pas, et fait demi-tour, *el chico*, il guérit
de dos!» A la fin, je fis comme tout le monde, je pris
mon courage à deux mains et je me rendis un vendredi à
la cathédrale. Dieu, ce que j'étais émue, honteuse, moi, la
jeune épousée! Mais de voir tant de femmes qui attendaient
en toute confiance, les unes en prières, les autres prônant les

colonial set, among them the wife of the Danish consul in Valparaiso, a protestant lady who had her wishes granted after she'd visited our humble little saint of a man. Rosita, my chamber maid, had wanted to arrange a secret meeting for me because I was ashamed to go and look out this sacristan in public, and about "that" too, but the "little man" had refused to comply. I ought to add that the sacristan of Santiago hated the publicity that surrounded his name and that "he didn't do it on purpose", as he told my uncle Thomaz, the cathedral dean, one day when Thomaz had him on the carpet and threatened to suspend him if he didn't cease, there and then, to perform these so-called miracles of his. They were being talked about too much and they would end by both getting into trouble with Rome. But the ever-growing crowd of sick people who flocked into the cathedral daily followed the overworked healer everywhere, and our poor little sacristan – wanting to obey his protector and not be the cause of scandal – try as he did to avoid them, was drawn to the crowd, felt pity for them, came closer, and unable to resist them, inclined himself to the troubles of them all, resting his right hand on wounds and ulcers, his eyes upon the bellies of sterile women, his lips upon the lips of dying children who were brought up to him, restoring health, love, life, performing miracles often without knowing it. As I was told by a seamstress, the mother of a young paralysed girl, who had stood up and begun to run after him when she saw the poor intimidated man beat a retreat (there was a huge crowd that day) and run to the back of the nave to go and hide in the sacristy, "Even when he doesn't want to and turns away, *el chico*, he cures us with his back!" So in the end I did what everybody else did, I plucked up my courage and went to the cathedral one Friday. God, how nervous, how ashamed I was, a woman who had just got married!

vertus du sacristain, le plus grand nombre ayant amené tout bonnement leurs petits enfants avec elles, qui par reconnaissance et qui pour lui rendre grâce avant de lui demander une nouvelle faveur, guérison ou protection, je me sentis être la plus abandonnée de toutes, et faisant fi de tout orgueil, je tombai à mon tour à genoux et me mis à sangloter comme une malheureuse, moi, la plus riche héritière de Santiago, la femme la plus fière et la plus enviée de la ville!...

Nous traversions la Seine, Pomposa quitta mon bras pour aller s'accouder au parapet du pont.

– ... Oh! Paris, soupira Pomposa. Puis elle reprit, à voix basse – A vous, on peut tout vous dire, n'est-ce pas, Blaise? Je n'aurai donc pas de vergogne ... (Le souvenir qui montait en elle la troublait au point que Pomposa ne se rendait pas compte que, pour me faire cette ultime confidence, elle s'était mise à me vouvoyer!) ... Quand mon tour est arrivé et que «lui» s'est enfin penché sur moi, ses yeux s'appuyant sur les miens, me compénétrant, j'ai ressenti partout comme une brûlure et qu'au plus profond de mon être quelque chose de secret s'entrouvrait, quelque chose qui voulait vivre – et c'est en bousculant les autres femmes qui nous entouraient et comme la plus heureuse d'elles toutes, que je suis sortie de la cathédrale, rougissante, bouleversée, mais avec la certitude d'être bientôt mère ...

Nous fîmes les derniers cent mètres sans parler; mais arrivés devant son hôtel je lui demandai, sous le porche, avant de prendre congé:

– Pomposa, quel âge a-t-il, le sacristain de Santiago?

Pomposa parut surprise:

– Le petit sacristain? ... Quelle drôle de question! ...

– Oh! c'est pour savoir.

– Mais, voyons ... je le connaissais déjà quand j'étais

When I saw so many women waiting with such confidence, some in prayer, some extolling the virtues of the sacristan, most of them having quite simply brought their small children along with them, out of gratitude and to thank him before they asked another favour of him, a cure or protection, then I felt the most abandoned woman of them all, and putting all thoughts of pride aside, I fell on my knees in turn and started to weep like a wretch, *I*, the wealthiest heiress of Santiago, the proudest and most envied woman in the city! . . .'

We were crossing the Seine; Pomposa left my arm and went and lent on the parapet of the bridge.

'. . . Oh! Paris,' she sighed. Then she went on with her story in a low voice. 'I can tell you anything, can't I, Blaise? I won't feel bad about it afterwards . . .' (the memory that was growing inside her disturbed her to such an extent that Pomposa was unaware that she had started to call me *vous* as she told me this secret of secrets!) . . . 'When it came to my turn and "he" at last leant over me, his eyes on mine, seeing into my soul, I felt as if I were burning all over and as if something secret in the deepest part of myself was opening up, something that wanted to be given life – and I came out of the cathedral, pushing my way through the other women around us, the happiest of them all, blushing, overwhelmed, but certain that I'd soon be a mother . . .'

We walked the last hundred yards without a word, but when we reached her hotel and stood under the porch before I left her, I asked,

'Pomposa, how old is the sacristan of Santiago?'

Pomposa seemed taken aback.

'The little sacristan? . . . What an odd thing to ask! . . .'

'Oh, I just wondered.'

'Well, let me see . . . I knew him when I was still a young

petite fille et que tous les mauvais garnements de la ville se moquaient de lui à cause de sa main de stropiat. Son âge? ... Mais je crois, cher ami, qu'il a mon âge, tout simplement ...

Fardée comme elle l'était pour se rendre au bal nègre et habillée de l'une des dernières robes de Paul Poiret, cette belle femme debout dans la lumière du porche d'un luxueux palace de la rue Boissy-d'Anglas n'avait pas d'âge. Mais comme Pomposa avait cinq filles, dont l'aînée avait dix-huit ans et que nous étions en 1921, je calculai en m'en allant que l'entrevue miraculeuse devait se situer vers 1900 et que, par conséquent, le sacristain de Santiago-del-Chili avait dû naître en 1883–1884.

Mon rôle n'est pas de dresser la liste des innombrables miracles attribués au sacristain de la cathédrale de Santiago, puisque cette liste sera publiée en son temps par la commission compétente de la curie romaine, après enquête contradictoire, critique des faits, audition des témoins, chaque cas étant passé selon la tradition de l'Eglise au crible de la raison, de la logique, de l'expérience catholiques par les docteurs et les théologiens du Tribunal sacré. Mais ma déposition ne serait pas complète si je ne mentionnais que depuis sa mort les vertus de cet homme obscur ne se sont nullement éteintes, que son culte ne fait que se propager dans le peuple, que l'on se rend en masse au cimetière et que, selon une lettre de Mme E. H. E . . . , datée du 26 juin 1937 et que je ne puis passer sous silence, «la foi des petits enfants de Santiago en *leur grand petit sacristain* qui les aimait tant est si active qu'ils apportent aujourd'hui sur sa tombe leurs joujoux cassés en lui demandant de bien vouloir les réparer!»

girl, when all the riff-raff of the town used to make fun of him because of his deformed hand. How old? . . . But my dear, I think he's as old as me, it's as simple as that.'

The very way she was made up for going dancing at the negro place, and dressed in one of Paul Poiret's latest dresses, gave this beautiful woman an ageless look as she stood there in the light of the entrance of a luxury hotel in the Rue Boissy-d'Anglas. But considering that Pomposa had five daughters, the eldest being eighteen, and that we were in 1921, I worked out as I went back that the miraculous meeting must have taken place in about 1900, and that meant that the sacristan of Santiago-de-Chile must have been born in 1883–4.

It is not my business to record the innumerable miracles that have been attributed to the sacristan of Santiago cathedral, for such a record will be published in good time by the relevant commission of the Roman Curia, following judicial scrutiny, assessment of the facts, hearing of witnesses, each incident being passed, in accordance with the practice of the Church, through the sieve of Catholic reason, logic, and experience, by doctors and theologians from the Sacred Tribunal. But my evidence would be incomplete were I not to mention that since his death, the miraculous powers of this lowly man have not passed unnoticed, that his cult goes on growing among the people, that vast crowds visit his grave, and, according to a letter from Madame E. H. E., dated 26 June 1937, that I cannot pass over, 'the faith that the little children of Santiago had in their *great little sacristan* who loved them so much, is so strong that they still come with their broken toys to his grave and ask him to be kind enough to mend them!'

Pour clore mon témoignage, je vais raconter le miracle qui a rendu cet homme populaire dans tout le Chili.

Cette histoire, qui a fait le tour de Santiago, je l'ai apprise de ma petite amie Daidamia, une délicieuse mais vilaine petite fille de treize ans.

J'ai dit que ma petite amie était délicieuse parce que cela est vrai car elle est aussi espiègle que sa maman, spirituelle, ravissante, tout en vif-argent, traits typiques de cette race chilienne célèbre jadis par la vivacité de ses filles et leur séduction; mais j'ai aussi dit que ma petite amie était une vilaine petite fille parce qu'à treize ans Daidamia était jalouse de sa maman, une danseuse (qui depuis a fait carrière à Berlin), avec qui, trouvant cette enfant insupportable, je sortais trop fréquemment. Alors, chaque fois que je venais chercher sa maman, mademoiselle piquait une crise de nerfs, me tournait le dos, boudait. Aussi, pour faire la paix, j'invitai cette petite fille rageuse à venir un après-midi prendre le thé au Bois.

Comme j'étais venu la chercher en voiture, qu'au *Château de Madrid*,[7] où je l'avais régalée, je n'avais cessé un instant de la traiter en grande personne, le soir venu, dans le fiacre qui la ramenait à la maison, nous étions grands amis et Daidamia bavardait, ravie.

– Ne croyez pas, monsieur Cendrars, que vous êtes mon premier ami. J'ai déjà connu un homme et même qu'il m'a embrassée! Je le fourre tous les soirs dans ma prière car je l'aime bien, et c'est mon meilleur ami. C'est le sacristain de chez nous, c'est lui qui m'a guérie quand j'étais malade et que maman pensait me perdre, et que moi aussi je croyais mourir car je brûlais de partout. J'avais la diphtérita (*sic*) et comme le docteur ne venait pas assez souvent, maman, impatiente comme elle est, m'a roulée un matin dans un poncho et a couru jusqu'à la cathédrale. Je devais être

As a final piece of evidence, I shall tell you about the miracle that made this man popular all over Chile.

I learnt this story, which has been all round Santiago, from my little friend Daidamia, a delicious but wicked little girl of thirteen.

I said that my little friend was delicious because it is true: she is as mischievous as her mother – witty, delightful, all quicksilver – the typical characteristics of this Chilean race once famous for the vivaciousness and seductiveness of its girls. I also said that my friend was a wicked little girl, because at thirteen Daidamia was jealous of her mother (a dancer whose career has since taken her to Berlin), whom I took out too frequently, finding this child unbearable. So, every time I came to collect her mother, little madam went into a fit of hysterics, turned her back on me, and sulked. To bring about a truce between us, I invited this bad-tempered little girl to come and have some tea one afternoon in the Bois de Boulogne.

As I had come to fetch her by car, and had then feasted her at the Château de Madrid, not ceasing for a moment to treat her like an adult, by the evening, as we returned home in a cab, we had become great friends, and Daidamia chattered away in delight.

'Don't think that you're my first boyfriend, Monsieur Cendrars. I have already known a man and he has actually kissed me. I lavish blessings on him every night in my prayers because I'm very fond of him, and he's my best friend. He's our local sacristan and he was the one who cured me when I was ill and mummy thought she was going to lose me, and I thought I was dying too, I was burning all over. I had diphterita (sic) and because the doctor didn't come enough, mummy – you know how impatient she is – rolled me up in a poncho and ran to the cathedral. I must

bien laide et c'est tout juste si l'on voyait le bout de mon
nez, mais quand il est venue, le cher petit sacristain de
mon cœur, il m'a tout de même embrassée, d'abord sur les
yeux, puis il m'a soufflé dans la bouche et aussitôt je me
suis endormie. Et quand je me suis réveillée dans mon
petit lit, j'étais guérie et aussitôt j'ai pu me lever. Maman
avait préparé des sucreries. Vous savez si elle est gour-
mande, maman, et moi aussi, mais c'est fou ce que le petit
sacristain aime les sucreries au miel. Maman lui en préparait
tout le temps et tout le temps je m'arrangeais pour aller les
lui apporter moi-même. J'allais aussi jouer sur la place de la
cathédrale pour le voir passer. Mais bientôt on ne le voyait
plus guère. Il paraît qu'il était en bisbille avec le doyen de la
cathédrale qui lui avait interdit de faire des miracles.
L'église était fermée et le sacristain n'avait plus le droit d'y
aller. On ne le voyait presque plus, sauf parfois, à midi,
quand les gens qui étaient venus pour le voir et qui ne
l'avaient pas trouvé s'en étaient déjà allés avec tous leurs
paquets et leurs enfants. Alors, le sacristain faisait le tour
de la cathédrale, le nez en l'air, s'arrêtant tous les trois pas
pour regarder travailler les ouvriers sur les échafaudages.
On faisait des réparations à la cathédrale et il y avait beaucoup d'ouvriers qui s'affairaient partout, des tailleurs de
pierre sur la place et des maçons qui étaient tout petits,
petits tellement ils étaient haut perchés au sommet des tours.
Un jour, il y a eu un accident. Un maçon était tombé dans
le vide. Heureusement que notre petit sacristain était par là
qui regardait à son habitude. Il étendit la main, et comme il
connaissait tout le monde, il cria à l'homme en train de
tomber: «Ohé! Juan, attends un peu, je vais demander à
M. le Curé la permission de faire un miracle!» Et il partit
en courant chercher le doyen. Pendant ce temps-là, le
maçon restait suspendu entre ciel et terre. Les passants com-
mençaient à s'attrouper. Les autres ouvriers proféraient des

have looked awful, and all you could see was the end of my nose, but when this darling little sacristan came along, it didn't stop him kissing me, first on the eyes, then he breathed hard into my mouth and I went to sleep at once. And when I woke up in my tiny bed, I was well again and able to sit up straight away. Mummy had made some sweets. You know how much mummy likes sweets and so do I, but the little sacristan is just crazy about sweets made with honey. Mummy used to make them for him all the time, and I would see that it was always me who took them to him. I used to go and play on the cathedral square too, so that I could see him walk by. But after a while you hardly ever used to see him. It seems that he'd had a tiff with the cathedral dean, who'd forbidden him to perform miracles. The church was closed and the sacristan was not allowed to go there. You hardly ever saw him, except sometimes at noon, when the people who'd come to see him and hadn't found him had already gone away with all their bundles and their children. It was then that the sacristan would walk around the cathedral, his nose in the air, stopping every three steps to watch the workmen on the scaffolding. The cathedral was being repaired and there were lots of workmen busy everywhere, stone-cutters in the square, and tiny little masons, I say tiny because they were perched so high up on top of the towers. One day there was an accident. A mason fell off. Luckily our little sacristan was around the place, looking at every-thing as usual. He stretched out his hand, and since he knew everyone, he shouted out to the falling man, "Hey! Juan, wait a bit. I'll go and ask the reverend father per-mission to do a miracle!" And he ran off to find the dean. Meanwhile, the mason stayed suspended between heaven and earth. Passers-by began to crowd round. The other workmen began to curse and swear – they feared for the life of their

jurons car ils craignaient pour la vie de leur compagnon de chantier. J'étais tremblante et je fermai les yeux. Quand je les rouvris, le sacristain revenait en tirant, poussant le vieux doyen, tout essoufflé, et le maçon était toujours là, en l'air, la tête en bas, les jambes écartées, les bras en balancier comme pour ne pas perdre l'équilibre. Alors, le sacristain l'interpella: «Dis donc, Juan, tu peux descendre, M. le Curé le veut bien!» Et étendant la main droite, il dirigea la chute de l'homme jusqu'au sol, lui criant: «N'aie pas peur, Juan! Piano, piano, viens, mon petit, viens! Doucement, tout doucement, ne te presse pas!» Et il reçut le maçon dans sa main droite, car la gauche, elle n'était bonne à rien et il la tenait toujours dans sa poche.

Et voilà. Voilà ce que j'ai appris en flirtant, en dansant avec des Sud-Américaines vaines et belles, en correspondant par avion avec des vieilles dames au Chili et en perdant tout un après-midi baudelairiennement mon temps avec une petite fille charmante et capricieuse que j'avais menée au Bois; voilà en foi de quoi j'ai écrit.

fellow mason. I was shaking with fear and I shut my eyes. When I opened them, the sacristan was on his way back, dragging, pushing the old and quite breathless dean, and the mason was still there, in the air, upside down, legs apart, arms outstretched, as if he was keeping his balance. Then the sacristan called to him, "Right, Juan, you can come down now. The Reverend Father says I can do it!" And stretching out his right hand, he guided the falling man down to the ground, shouting as he did so, "Don't be afraid, Juan! Carefully now, come on, there's a good fellow, come on! Gently, gently does it, don't rush it!" And he caught the mason in his right hand, for the left one was no good and he always kept it in his pocket.'

So there we are. This is what I learnt from flirting and dancing with vain and beautiful South American women, from writing airmail letters to old ladies in Chile, and from wasting a whole afternoon in Baudelairian manner with a charming and capricious little girl I'd taken to the Bois. In testimony whereof I write this story.

# SABINE

## ANDRÉ PIEYRE DE MANDIARGUES

*Translated by Simon Lee*

# SABINE

BLANCS, brillants et totalement nus sont les murs de la
salle de bains de la chambre 11, au premier étage de l'hôtel
des Lavandières, sur la route départementale qui va vers
Clairefontaine, dans la partie méridionale de la forêt de
Rambouillet. C'est chambre de la loutre que l'on appelle
aussi la chambre 11, à cause d'une bête de cette sorte, em-
paillée et clouée sur un panneau de bois de chêne au-dessus
du miroir de la cheminée, face au lit bas. La pièce, assez
resserrée autour du lit presque aussi large que long, n'a pas
d'autre ornement que le petit trophée qui la distingue; elle
est tapissée de papier vert d'eau, moiré d'argent, la fenêtre
est derrière des rideaux de velours bleu sombre, le plancher
est recouvert d'une moquette de la couleur des rideaux
mais plus sombre encore, très épaisse, qui amortit tous les
bruits; un vestibule étroit sépare du couloir; une armoire
est là d'un côté, de l'autre une porte, qui ouvre dans la
salle de bains. Et si la salle de bains, qui est une ancienne
chambre qui fut transformée, paraît plus vaste que la
chambre à coucher ce n'est pas tant l'effet du moindre
encombrement que celui de l'éclat des robinets et des
tuyaux, celui surtout de la blancheur des murs laqués, du
carrelage et des cuvettes en porcelaine.

Or cette blancheur est salie, ce brillant est souillé. Les
robinets, les cuvettes, les murs et le carrelage sont écla-
boussés de sang, dilué à plusieurs endroits par la vapeur
d'un bain très chaud, comme l'encre d'un lavis sur du
papier humide. Deux lames de rasoir (de sûreté, comme on
dit) sont sur le pavement, avec des papillotes froissées, les
enveloppes qui les continrent. Une serviette trempe dans
une affreuse flaque.

# SABINE

BRILLIANT, white and quite bare are the walls of the bathroom of room 11 on the first floor of the Hôtel des Lavandières, which stands on the minor road leading to Clairefontaine in the southern part of the forest of Rambouillet. Room 11 has another name, the Otter Room, because of an animal of that species stuffed and nailed on an oak panel above the chimney-piece in front of the low bed. The room is narrow round the bed, which is almost as wide as it is long, and contains no ornament to distinguish it other than the little trophy; it is papered in pale green, shot with silver, dark blue velvet curtains hide the window, and a carpet of the same blue as the curtains but darker still and very thick, muffling all sounds, covers the floor; a narrow passage leads in from the corridor; there is a wardrobe on one side, and on the other a door opening into the bathroom. And if the bathroom, which was once itself a bedroom and has been converted, seems more spacious than the bedroom, it is not so much the effect of the lesser congestion as of the gleaming array of pipes and taps, and above all the glossy whiteness of the walls, the tiles and porcelain basins.

But now the whiteness is smirched, the brilliance tarnished. The taps, the basins, the walls and the floor-tiles are spattered with blood, diluted in several places by the steam from a very hot bath, like the ink from a pen-and-wash drawing on damp paper. Two razor blades (so-called safety) are on the tiling with their crumpled paper wrappings. A towel lies soaking in a horrid pool.

Avec un peu d'étonnement que cela ne fût pas plus
pénible ou tout au moins plus difficile, Sabine avait ressenti
une douleur médiocre quand la petite lame bleue, maniée
deux fois du même geste violent dans l'eau brûlante, avait
entaillé profondément la face interne de ses poignets. Non
pas vraiment bouillant, bien sûr, mais fumant et d'une
température à peine supportable, le bain, quand elle y avait
été plongée jusqu'au cou, lui avait donné le sentiment qu'elle
était douée d'une puissance intérieure comparable à celle
que l'on prête aux sorcières ou aux magiciens, et qui
serait capable d'anéantir le monde s'ils en avaient la volonté
certaine. Avant d'entrer dans l'eau, elle avait jeté une autre
lame dont elle craignait que le fil fût émoussé, car elle s'en
était servie pour entailler premièrement, cherchant (peut-
être avec succès) l'artère, ses chevilles.

C'est en songeant au cours du temps et précisément à
celui de sa récente aventure que dans la baignoire elle avait
fait couler l'eau chaude. En se penchant pour ouvrir le
robinet, sans d'ailleurs y prendre garde, elle avait fait
tomber la serviette posée sur le rebord. Les deux lames
étaient apprêtées déjà sur la tablette de verre au-dessus du
lavabo, curieusement étrangères, à cause de leur couleur
obscure, à la pièce que l'on eût dit bâtie de neige, de glace
et d'argent. Sabine les avait retirées de leur double enve-
loppe en mettant à la simple opération plus de soin qu'il
n'était nécessaire, afin de se distraire de l'image de son
persécuteur, s'il était possible, ou de la rendre plus pâle au
moins tant que l'afflux du sang au cerveau l'aurait préservée
de l'effacement désiré.

Dans le miroir de la chambre, au-dessous de la loutre
clouée à plat comme une tapisserie minuscule, elle avait
regardé ses jolis seins aréolés de mauve, son visage à peine
moins coloré que d'habitude dans l'encadrement de ses

Somewhat surprised not to find it more unpleasant or at least more difficult, Sabine had felt no more than average pain when the little blue blade, wielded twice with the same forceful gesture in the boiling water, had cut deep into the inside of her wrists. Not literally boiling, of course, but steaming and scarcely bearable; the bath, when she had been immersed in it up to her neck, made her feel that she had been invested with an inner power similar to that attributed to witches or magicians and potent enough to destroy the world if they were so minded. Before getting into the water she had thrown away another blade fearing it might have lost its edge since she'd used it to first slash her ankles, searching, perhaps successfully, for the artery.

While letting the hot tap run, she had been pondering the passage of time, more particularly as it concerned her recent encounter. Leaning across to turn on the tap she had brushed off the towel (without taking any particular care not to) which had been placed on the rim of the bath. The two blades had been set out already on the glass shelf above the wash basin, their dark colour curiously alien in that room which seemed to have been compounded of snow, ice and silver. Sabine had withdrawn the blades from their double wrapping with a degree of care that was unnecessary, so as to force her attention away from the image of her persecutor, if that were possible, or at least make it less insistent for as long as the flow of blood to her head preserved it from the longed-for obliteration.

In the mirror of the bedroom, below the otter pinned flat on the wall like a miniature tapestry, she had gazed at her young breasts with their mauve areolas, her face which was scarcely paler than usual set off by hair of a darker

cheveux plutôt bruns que châtains, coupés courts et peignés lisses, ses yeux à l'iris jaune paille, cernés à peine sous
les cils alourdis et noircis à la mode des grandes du lycée.
Elle avait dix-huit ans depuis peu; elle paraissait moins
quand elle était dévêtue. L'image du lieutenant (ou sous-
lieutenant; elle ne pourrait donc jamais savoir exactement
son grade, s'était-elle dit), ce visage d'homme roux avec
un nez court et de petits yeux rosés, avait pour un instant
fait place, comme un important qui s'écarte, oui, quand
elle avait voulu se voir encore une fois, autant que dans la
glace il était possible de faire.

Son soutien-gorge et sa culotte,[1] de jersey blanc pareille-
ment, étaient sur le tapis où sans regard elle les avait jetés,
d'un geste d'homme (s'était-elle dit), après s'en être dé-
pouillée en hâte. Auparavant elle avait posé sur le lit un
chandail de soie grège, dépourvu de manches et assez
décolleté, près d'une jupe noire qui l'avait précédé là.
C'est jambes nues qu'elle était venue. Ses souliers bas
étaient restés dans le petit vestibule, où elle les avait quittés
tout de suite après être entrée, par un vague besoin de se
trouver pieds nus tout d'abord. Avant d'entrer, devant la
porte, tandis que ses doigts s'efforçaient à tourner la clé
dans la serrure un peu dure, elle s'était rappelé les clous
dans les pattes racornies de la loutre et les mots du lieutenant naguère:

— Une sale petite chatte de ton espèce, avait-il dit, en
feignant de caresser le dos de la piteuse bête. On pourrait
bien t'en faire autant qu'à elle. Tu ne serais pas la première à
qui on l'aurait fait. . . .

Elle avait introduit la clé en regardant le chiffre 11,
peint comme deux pointes (de flèche) blanches dans un
médaillon noir, sur la porte grise, dans le couloir blanc.

Montant à pied, car elle avait refusé l'ascenseur que lui

brown than chestnut, cut short and combed smooth, her
eyes with their corn-coloured irises and with the shadow
of a ring underneath their heavy lashes, mascara'd in the
style of students. She had not long been eighteen; and with
her clothes off she seemed younger. The image of the
lieutenant (or second-lieutenant; she would never know his
exact rank, she'd thought), the face of a man with red hair,
a short nose and little pink eyes, had for a moment made
way, yes, like an obsessive presence that draws aside, when
she had wanted to see herself once again, insofar as the glass
allowed her to.

Her undergarments, of white cotton jersey, lay on the
carpet where she had thrown them without a glance, with
(she'd thought) a male abandon, after she'd quickly discarded them. Previously she had laid a raw-silk blouse,
sleeveless and fairly low-cut, on the bed next to a black
skirt which had preceded it there. Her legs when she came
in were bare. Her flat shoes had remained in the little
passage where she'd taken them off once she was inside,
feeling a vague need to be barefoot before anything else.
While still at the door, her fingers struggling to turn the
key in the rather stiff lock, she had recalled the nails in the
otter's horny feet and the words spoken not long since by
the lieutenant:

'A dirty little slut like you,' he'd said, pretending to
stroke the wretched animal's back. 'You deserve the same
treatment as this one's had. And you wouldn't be the first
to get it . . .'

She had inserted the key with her eyes fixed on the
figure 11, painted in the form of two white (arrow) points
on a black medallion against the grey door in the white
corridor.

On the way up the stairs, for she had declined the night

offrait le concierge, elle serrait le poing sur la clé, sur la plaque numérotée et sur l'étui des lames de rasoir, car elle aurait voulu sentir un peu de mal pour penser moins à l'autre fois qu'elle était montée, par l'escalier également, docile au lieutenant qui lui tenait plutôt les reins que la taille. Cette fois-ci, le concierge avait dû la regarder d'en bas, en se moquant d'elle (l'une des chattes du lieutenant!) ou en la méprisant. Après avoir fouillé, pour l'y prendre, dans la réserve à cigarettes, carton posé sur le bureau, il n'avait fait aucune difficulté à lui remettre le paquet de lames bleues qu'elle lui avait demandé encore, pour son ami, le lieutenant Luque, qui allait la rejoindre plus tard dans leur chambre habituelle et qui était si distrait qu'il aurait sûrement oublié ce qu'il voulait acheter depuis la veille. Comme une étudiante qui se trouble à l'oral, elle ne s'était pas souvenue du numéro de la chambre, quand elle s'était présentée; le concierge avait souri quand elle avait parlé de la loutre, pour se rattraper.

Et pourtant, quand elle l'avait vu qui somnolait en gilet et en bras de chemise, à côté de la caisse, devant la lucarne éteinte d'un appareil de télévision, son discours était fin prêt. Elle l'avait mis au point, avec tout ce qu'il fallait pour paraître sincère à la récitation, avant de s'engager dans la porte tournante qui du jardin donnait accès à l'hôtel. Dehors, elle avait réfléchi, elle s'était appliquée; elle avait commencé dès la grille à se préparer, non pas à mourir, ce qui, s'était-elle dit, était aussi aisé que de cesser d'être vierge, mais à n'éveiller point de méfiance en se procurant des lames de rasoir au moment de monter seule dans la chambre. Il était assez remarquable qu'elle eût eu si peu de peine à s'abstraire du triste état dans lequel elle se trouvait. Son esprit, avec fourbe, lui avait obéi à la

porter's offer of the lift, she clutched the key, the numbered room disk and the packet of razor blades, for she would have liked to feel some pain so as to think less of the other time she had come up, also by the stairs, submissively following the lieutenant who had his hand on the small of her back rather than round her waist. This time the night-porter must have looked at her from under his eyes with derision (one of the lieutenant's birds!) or contempt. After fishing round for them in the spare stock of cigarettes, the carton standing on the desk, he'd not asked any questions about giving her the packet of blue blades that she'd again requested from him for her friend, Lieutenant Luque, who would be coming later on to join her in their usual room and who was so absent-minded that he'd be bound to have forgotten what he'd intended to buy the previous day. Like a student suddenly nervous at an oral exam, she hadn't been able to recall the number of the room when she had come up to the hotel desk; the night-porter had smiled when she'd mentioned the otter so as not to give herself away.

And yet when she'd seen him half asleep in his shirt-sleeves and waistcoat, by the reception desk, in front of the blank television screen, she had her speech ready on the tip of her tongue. She had put it together with all that was required to make it convincing in the telling, before setting foot in the swing doors which led from the garden to the hotel. Outside she'd given her whole mind and attention to it; she'd begun to prepare herself at the gate – not to die, which was, or so it seemed to her, as easy as ceasing to be a virgin – but to avoid arousing the slightest suspicion when providing herself with the razor blades on her way up to the room alone. The rather remarkable thing was that she'd had so little difficulty in withdrawing from the sorry state in which she found herself. Perfidiously her

première sollicitation, comme un valet qu'on sonne.

Dans le jardin, quand Sabine avait passé, nulle voiture en station ne cachait les groseilliers du bord de l'allée. Les graviers d'un sol herbeux pourtant avaient meurtri les plantes de ses pieds, à travers ses semelles minces. L'un contre l'autre appuyés, les battants de la grille étaient libres de verrou, exempts de chaîne et de cadenas, mobiles à la moindre poussée, afin de ne pas rebuter ces couples de nuit qui, sur l'initiative de l'un des partenaires (l'homme, généralement), ont arrêté leur voiture devant un hôtel forestier sans s'être mis tout à fait d'accord au préalable pour aller jusqu'à la chambre et jusqu'à la chute des habits, terme de l'intrigue et du plaisant vagabondage, début de l'épreuve. Ainsi la jeune Sabine avec le lieutenant Luque, une semaine plus tôt, jour pour jour, avaient-ils quitté la route, franchi le seuil accueillant.

L'autre fois, s'était-elle dit en entrouvrant (assez pour une piétonne) la grille, elle était restée dans la voiture tandis qu'il faisait d'autorité la manœuvre; mais la grande différ- ence était que cette fois-ci elle savait très précisément pourquoi elle allait dans la chambre, ayant décidé de l'acte de sang toute seule, en toute liberté, avant d'entrer dans l'hôtel et même avant de pénétrer dans ce parvis[2] sournois qu'était le jardin au clair de lune, tandis qu'alors, ne sachant rien, n'imaginant guère, elle avait été conduite à l'effusion de sang par la volonté du violent, qu'elle avait cru aimer peut-être.

L'on penserait qu'anuitée en forêt, blessée (en esprit) au point de s'être résolue à mourir avant le prochain jour, elle avait eu de la peine à trouver l'hôtel des Lavandières. Mais non, car, pour n'y être allée qu'une fois, elle n'avait pas oublié la situation du bâtiment un peu en retrait sur la

mind had responded to the first call made on it like a valet when summoned.

When Sabine had come through the garden there was no parked car hiding the redcurrant bushes at the edge of the path. The loose gravel on the grassy ground had, however, bruised the soles of her feet through her thin shoes. Leaning one against the other, the double gates were unbolted, free of chain or padlock, ready to move at the slightest pressure, so as not to deter those nocturnal couples who, on the initiative of one of the partners (generally, the man) have stopped their car in front of a hotel in the forest without both first having agreed to actually go to the bedroom and there shed their clothes, endpoint of all intrigue and pleasant fooling, onset of the ordeal. Thus had young Sabine, in the company of Lieutenant Luque, one week earlier to the very day, left the road, crossed the hospitable threshold.

On that occasion, she'd reflected as she half opened the gate (though sufficiently for a girl on foot to slip through), she'd stayed behind in the car while he performed the manoeuvre with entire assurance; but the great difference was that this time she knew precisely why she was going to the room, having decided on the act of blood alone and of her own volition before entering the hotel, even before moving across into the uncertain patch of ground that was the garden in the moonlight, whereas then, knowing nothing, scarcely imagining, she had been led to the spilling of blood by the will of the violent man whom she had thought she was perhaps in love with.

It might be imagined that benighted in the forest, so wounded (in spirit) as to make a resolve to die before daybreak, she'd had difficulty in finding her way to the Hôtel de Lavandières. But not so: though she had only been there once, she had not forgotten the lie of the

route départementale où elle avait été laissée, et la direction non plus ne pouvait faire aucun doute. Au lieu de s'affoler, d'ailleurs, son esprit s'était affermi après qu'elle avait eu pris sa résolution. Marchant (contrairement à ce que font les piétons prudents la nuit) sur sa droite, elle avait à plusieurs reprises été illuminée de dos par des rayons de phares, et son ombre sur la chaussée avait été projetée vite et loin au-devant d'elle comme si on la lui avait arrachée brusquement, comme une image de cette vie qu'elle allait arracher de son corps en se coupant les veines dans la salle de bains de la chambre où elle se rappelait qu'elle avait été déchirée dans son intimité profonde. Des voitures, peu nombreuses, qui l'avaient ainsi éclairée, elle ne s'était souciée nullement; mais la première avait ralenti d'une façon bizarre avant de la rejoindre, et le conducteur avait suivi pendant quelque temps la solitaire, comme dans l'espoir de la voir se retourner pour montrer sa figure au moins, sinon pour demander un passage. A des clignements de phares mis en code et en veilleuse,[3] à de petits appels de klaxon même, elle était restée indifférente. Cependant, bientôt détrompée quand l'automobiliste avait appuyé sur l'accélérateur, elle avait pensé d'abord que c'était Luque qui était revenu la chercher. S'il avait fait demi-tour, s'il s'était repenti, Sabine lui aurait-elle pardonné? Elle ne fût pas facilement rentrée dans ce que les prêcheurs nomment le royaume de la chair, après s'être avancée si loin déjà dans l'espace innommable.

Car elle avait mûri son idée de bain chaud et de lames avec une rapidité tellement prodigieuse qu'en d'autres circonstances elle l'aurait attribuée moins à l'inspiration qu'à une sorte de possession ténébreuse. Luque appartenant au régiment de cavalerie (motorisée) qui tient garnison à Rambouillet, c'est le mot «bleu», souvent accolé à celui de «hussard», qui par le jeu du mécanisme assez extravagant de

building a little back from the minor road where she'd
been left nor had she any doubt about the direction she
must take. Far from giving way to panic, her mind had
grown steadier after she had made her resolution. Walking
on the right of the road (contrary to the practice of prudent
pedestrians at night) she had several times been picked out
from behind by the beam of headlights and her shadow on
the road had been thrown fast and far ahead of her as if it
had suddenly been torn from her, like an image of the life
that she would soon wrench from her body by cutting her
veins in the bathroom linked to the bedroom, where, she
recalled, she had been lacerated in her private and deepest
self. The cars, the few there were, which had thus lit her
up, she'd minded not at all; but the first had slowed
down in a singular way before coming level with her and
the driver had for some time trailed the lonely girl hoping
to make her turn round and at least show her face, if not
request a lift. The flicking of headlights off and on, and
little touches of the horn, had drawn no response from her;
though she was soon undeceived when the motorist had
put his foot down on the accelerator, her first thought being
that it was Luque come back to look for her. If he had
turned back, if he had repented, would Sabine have for-
given him? She would not readily have set foot a second
time in what preachers call the kingdom of the flesh after
having now advanced thus far into the territory that cannot be named.

For she had matured her idea of a hot bath and razor
blades with such prodigious swiftness that in other circumstances she would have attributed it less to inspiration than
to a kind of demonic possession. Luque belonged to a
(mechanized) cavalry regiment stationed at Rambouillet, and
it was the word 'blue', frequently associated with that of
'hussar', which by the often extravagant mechanism of

la conscience avait fait surgir celui de «lame». Il va sans dire que les hussards aujourd'hui, comme le plupart des militaires, ont un uniforme de couleur plutôt breneuse,[4] mais leurs officiers s'enjolivent d'un bonnet d'azur, à la promenade, et d'ailleurs le mécanisme de la conscience fournit autant de surprises que celui d'un central téléphonique, auquel on l'a pu comparer.

Sur la route, elle s'était mise au pas d'une personne simplement pressée, mais c'est en courant qu'elle était partie, tandis qu'au carrefour, avec une pétarade à réveiller tous les faisans du bois, la petite voiture de sport (anglaise) de Luque démarrait dans une direction perpendiculaire. Dans la tête de la jeune fille, dans sa poitrine, il y avait eu un poids et un froid soudains, comme si elle avait été remplie par l'éboulement d'une paroi de marbre noir. La souffrance physique était restée bien au-dessous de cette impression de précipitation sépulcrale. La joue la plus longtemps douloureuse avait été celle où la gifle avait meurtri la gencive au contact des dents, quand la mesquine avait ouvert la bouche en pensant supplier.

Deux fois le lieutenant Luque avait giflé sa jeune amante. Ainsi dit-on, enseigne-t-on aux écoles d'autorité sordide, qu'il faut faire, le doublé étant commandé par l'idée de paire et par le mouvement de va-et-vient du poignet. Il l'avait giflée deux fois, oui, en y mettant peut-être moins de force qu'il n'en aurait usé avec un homme.

– Assez de chatteries pour cette nuit. Ça te fera bien les pattes de rentrer à pied.

Comment eût-elle pensé à prendre garde, s'il ne lui avait dit que ces mots avant de passer à l'action brutale?

Ce qu'il entendait par des chatteries était sans doute à l'opposé d'une paire de gifles sèches. Pourtant, l'on aurait pu remarquer qu'il avait changé d'humeur, lui, avec une brusquerie qui selon les dompteurs est dans la nature des

consciousness had prompted the word 'blade'. Needless to say hussars today, like most military, have a uniform that is more the colour of dung, but their officers add the embellishment of a sky-blue cap for walking out, and moreover the mechanism of consciousness springs as many surprises as does a telephone exchange, with which it has been compared.

On the road, she had settled down to the pace of some-one who is simply in a hurry, but when she had set off she had been running, whilst at the crossroads, in a volley of backfiring fit to wake all the pheasants, Luque's little (English) sports-car sped off in a direction at a right-angle to her own. In the girl's head and in her chest there had come a sudden weight and chill as if a wall of black marble had caved in on top of her. Her physical suffering had been less by far than the sensation of being cast headlong into the tomb. The cheek that had continued to feel the pain the longest had been the one where the blow had bruised the gum where it came into contact with the teeth when, meanly, she had opened her mouth to beg for mercy.

Twice Lieutenant Luque had slapped the face of his young mistress. Such, reports have it, is proper instruction for the cad, the double blow being determined by the idea of symmetry and by the criss-cross movement of the wrist. Slapped her twice he had, employing perhaps less force than he would have used on a man.

'Enough fooling for one night. A walk home won't hurt you.'

How could she have suspected from these few words that he would suddenly turn brutal?

What he understood by fooling was, it may be imagined, quite the reverse of a couple of curt slaps across the face. Nevertheless, his mood could have been seen to change with a swiftness which according to lion-tamers is

grands animaux de l'espèce féline, et des femelles de
ceux-là plus encore que des mâles. Ç'avait été quand en
manière de plaisanterie elle s'était laissée aller à lui parler
du beau costume des hussards de la mort,[5] dans lequel, en
vérité, elle n'eût pas été dégoûtée de le voir, sous un clair
de lune que rendaient intermittent la brise et de petits
nuages soufflés comme des bulles au-dessus de la trouée des
branches. Tel costume était dans sa mémoire depuis
qu'enfant elle en avait vu l'image sur la couverture d'un
vieil illustré. L'homme qui le portait avait un fil de moustache rousse, un teint de porcelaine, un air efféminé
quoique sa main posât sur la poignée d'un long sabre.
Luque était entièrement rasé; il n'avait d'arme apparem-
ment que ses mains. Dans la forêt, après que Sabine l'avait
eu regardé,[6] quand elle avait fermé les yeux, pourquoi
l'ancienne image s'était-elle imposée derrière les paupières
à des baisers offertes?

Avant l'imprudent bavardage, il avait été aussi empressé
que Sabine, ou que toute autre plus experte, eût pu souhaiter que fût un amant. Elle, avec docilité, n'attendait que
d'être menée au lit de la chambre à la loutre, et probablement elle aurait mieux fait de le lui dire, comme elle en
avait eu l'idée, au moment où pour l'embrasser il l'avait
appuyée contre un calvaire[7] de pierre un peu jaune qui se
dressait au milieu du carrefour. Même à la lumière du
plein jour, il eût été difficile de reconnaître l'époque où des
hommes, disparus depuis longtemps certes, avaient sculpté
ce rocher. La figure qui s'y trouvait, couverte à demi par
la mousse ou par le lichen, ressemblait à une peau d'ours où
la moitié du poil eût été mangée par les mites. Sabine avait
été poussée là-contre par le lieutenant Luque, afin, lui
avait-il dit en riant, que le froid de la pierre la fît se repentir
à l'avance de ce qu'elle allait se laisser faire tout à l'heure.

characteristic of large animals of the feline family, and of the females in the family rather than the males. It had happened when by way of badinage she had let herself go on the subject of the handsome uniform worn by the death's head hussars, and of how, in all seriousness, she would not be averse to seeing him so dressed, under a moon made fitful by a night wind and tiny clouds blown along like air bubbles glimpsed through gaps in the branches. Such a uniform had been in her mind since childhood when she'd seen it depicted on the cover of an old illustrated magazine. The man who wore it had a strip of red moustache, a porcelain complexion, and an effeminate air for all that his hand was resting on the hilt of a long sabre. Luque was clean-shaven; he had no weapon that one could see other than his hands. Why, when Sabine had gazed at him in the forest, then closed her eyes, had that image from the past stamped itself behind her eyelids proffered for kisses?

Before she had opened her mouth so injudiciously, he had been as eager as Sabine or any one else more expert could have desired a lover to be. She, submissively, was waiting only to be taken to the bed in the otter room, and probably she would have done better to have told him so, as it had occurred to her to do, just when, in order to kiss her, he'd propped her against a calvary of yellowish stone which was standing in the middle of the crossroads. Even in broad daylight it would have been difficult to tell the period when men, certainly long since disappeared, had cut this rock. The figure discernible there, half grown over by moss or lichen, looked like the hide of a bear with half its fur eaten by moths. Sabine had been pushed up against it by Lieutenant Luque, so that, as he'd told her laughing, the cold of the stone should make her repent beforehand for what she was going to let be done to her presently.

«Se laisser faire», «le laisser faire», «laisser faire», elle avait été heureuse ou résignée tour à tour à cette idée-là, qui sous chacune de ses formes est sensiblement la même. Quand il l'avait prise par le bras pour lui faire traverser l'anneau d'asphalte autour du calvaire, après que sur son ordre elle fut descendue de la voiture, elle avait pensé que l'homme roux voulait user d'elle au pied du rocher, dans un souci de géométrie peut-être (le lieu choisi se trouvant centre d'un cercle, à la croisée de chemins rectilignes), et quand il avait arrêté son véhicule sur le bord extérieur du rond-point, un instant plus tôt, elle était décidée à se prêter à toutes ses volontés, sans y mettre de limite que ce qu'eût imposé l'espace étroit de la carrosserie. Dès ces moments, pourtant, ses vœux, si elle les avait formés, n'auraient été que de se retrouver avec lui dans la chambre à la loutre. Quel autre but aurait-on pu raisonnablement proposer à la randonnée nocturne?

Jeu ou gentillesse, Luque avait été entreprenant dans la voiture, cependant qu'ils roulaient doucement dans le désert des petites allées où l'éclairage en position de code allait aussi peu loin que ses propos légers ou que ses caresses faussement audacieuses. Comme s'il eût eu besoin de conquérir, comme s'il n'avait pas encore obtenu tout ce que peut désirer un homme, ses doigts et ses mots avaient improvisé autour de la passagère quelque chose qui pour elle était demeuré «du théâtre». «Qu'il me porte où il m'a portée déjà; qu'il fasse de moi tout ce qu'il lui a déjà plu de faire», elle ne s'était rien dit d'autre que cela, aussi longtemps qu'avaient duré les brillants exercices de séduction inutile.

De l'hôtel des Lavandières (accessoirement au point précis qui était le lit de la chambre à la loutre), il n'avait pas été question entre eux. Dans l'esprit de Sabine, on l'a vu, nulle autre destination n'était supposable, et quand Luque

'Let be done to her', 'let him do', 'let happen,' she had been by turns happy or resigned at this notion, which in each of its forms is substantially the same. When he'd taken her by the arm to lead her across the ring of asphalt round the calvary, after she'd climbed out of the car at his command, she'd thought that the red-headed man meant to avail himself of her at the foot of the rock, out of a regard for geometry perhaps (the place chosen being the centre of a circle and the crossing of two straight roads), and when he had stopped his vehicle on the outer edge of the circle a moment earlier, she had made up her mind to submit to all his wishes without imposing limits other than the ones prescribed by the confined space of the car's interior. Yet in the same moment her wishes, if she'd formed them, would have been only to be back with him in the otter room. What other justification could be reasonably claimed for this nocturnal excursion?

Whether to be friendly or by design, Luque had not been idle in the car, while they cruised gently through the wilderness of forest rides, where the dipped headlights reached no further than his frivolous speeches or his would-be brazen caresses. As if the need had been there to conquer, as if he'd not yet obtained all a man can desire, his fingers and his words had extemporized about his passenger something which for her had remained essentially 'play-acting'. 'Let him bear me where he's already borne me; do with me all that it has already pleased him to do', this was the extent of her thoughts, while the arabesques of superfluous seduction had lasted.

No mention had been made by them of the Hôtel des Lavandières (and, more specifically, the precise spot that was the bed in the otter room). In Sabine's mind – as we've seen – no other destination was thinkable, and when

avait démarré du lieu convenu pour leur rendez-vous, une station d'autobus à la sortie de Rambouillet, elle avait eu la certitude d'être emmenée là directement et vite.

La jeune fille étant venue avec une avance légère, l'officier avec un retard plus marqué, elle avait vu rentrer de la forêt les derniers promeneurs du dimanche, avant de voir surgir le petit cabriolet vert. Elle avait raconté à son oncle qu'elle allait au cinéma avec une amie, après le dîner. N'était-ce pas là ce qu'elle disait quand elle avait simplement envie de sortir et d'être seule? Elle n'avait jamais eu d'amie; jamais elle n'avait regretté d'être solitaire.

Pendant tout l'intervalle de la semaine, elle n'avait pas revu le lieutenant Luque, quoiqu'il eût été facile de le trouver, si elle avait voulu entrer le soir dans les cafés d'officiers. Or elle n'était pas sortie après son dîner une seule fois. Dans sa chambre, reposant sans dormir, elle avait pensé ou rêvé beaucoup moins à l'homme qu'au lit bas et large où parmi le désordre des draps bleu pâle et de la couverture bleu sombre elle avait souffert la déchirante épreuve, en face du miroir faiblement incliné où sa piteuse image avait paru sous la dépouille d'une bête d'eau qui avait l'air d'avoir été retirée du feu pour être mise en croix.

Son plus grand étonnement avait été d'avoir ressenti si peu de plaisir et si peu de douleur (ou inversement), tandis que l'homme roux lui avait fait expérimenter cette violence virile qu'elle s'était attendue à trouver terrible et merveilleuse. «Je ne sentirai donc jamais qu'avec petitesse», s'était-elle dit tristement, dans la salle de bains, en donnant à son corps blessé les soins de toilette dont Luque l'avait instruite. «Tu vas y aller tout de suite», lui avait-il ordonné, après lui avoir expliqué le comportement d'une amante dont il vient d'être fait usage; mais il avait dû la

Luque had set off from the place agreed upon for their meeting, a bus stop on the outskirts of Rambouillet, she'd felt certain that she was being taken there swiftly and straight.

As the girl had come there slightly early, the officer more conspicuously late, she had watched the last Sunday walkers return from the forest, before seeing the little green sports-car shoot up. She had told her uncle that she was going to the cinema after dinner with a friend. Wasn't that what she always told him when she simply wanted to go out and be alone? She had never had a friend; she had never regretted her solitariness.

At no time during the past week had she seen Lieutenant Luque again, though it would have been an easy matter to find him, if any evening she'd had a mind to wander into the officers' bars. But she had not once been out after dinner. In her room, resting but unsleeping, she had thought or dreamt far less of the man than of the low, wide bed where in the tumble of pale blue sheets and the dark blue blanket she'd undergone the ordeal of pain; in front of her the slightly tilted mirror where her piteous reflection had appeared below the hide of a water animal which looked as if it had been pulled out of a fire and then crucified.

What most astonished her had been to feel so little pleasure and so little pain (or conversely), while the red-headed man had been initiating her in that male act of violence which she had expected to find both marvellous and terrible. 'So I shall never feel anything real,' she'd reflected sadly in the bathroom, while attending to her injured body as Luque had instructed her. 'Get in there at once,' he'd commanded her, after explaining how a mistress who had just been put to use should conduct herself; but he had had to press her further and threaten

pousser encore et la menacer (en riant) de sa cigarette allu-
mée pour qu'elle se décidât à quitter le lit où elle s'était
tapie dans les plis du velours comme dans un gîte où rien
n'eût pu la toucher désormais. C'est la loutre qu'elle avait
regardée de là, c'est elle-même que dans la glace elle avait
regardée, au lieu de regarder l'homme qui avait été acharné
sur elle comme un chien furieux (s'était-elle dit) quelques
instants plus tôt.

Qu'il ne l'eût saisie qu'une fois, qu'il ne se fût (comme il
avait dit) servi d'elle que pour une satisfaction unique, elle
n'en avait pas été surprise; elle aurait sans se plaindre
accepté qu'il voulût davantage.

Elle s'était déshabillée seule, sous son regard ainsi qu'il
l'avait désiré. Elle n'avait pas été fâchée qu'il lui eût commandé de se mettre nu-pieds d'abord, sur le sombre tapis,
sous le pauvre éclairage d'une paire d'appliques qui étaient
comme des veilleuses d'église respectivement à la loutre.
Pourtant elle avait pensé qu'elle serait dévêtue par lui,
quand il avait ouvert la porte de la chambre.

A son bras, quand elle avait monté l'escalier, elle avait eu
un peu honte de n'avoir pas mis de bas, selon son habitude
au cours des mois chauds. L'une de ses chevilles portait la
marque d'une ronce qui l'avait égratignée en forêt. Ses
cheveux avaient frôlé des branches; ils en gardaient probablement la trace. «N'ai-je pas l'air d'une rôdeuse?» s'était-
elle dit, appréhendant le mépris d'une femme de chambre
qui eût été chargée de préparer le coucher des couples de
passage.

Elle avait vu que Luque avait donné un bon pourboire
au concierge, en plus du prix de la chambre. «Vous me
connaissez; je réponds de la jeune dame, et d'ailleurs ce
n'est que pour un petit moment», avait-il dit quand cet
homme avait demandé des papiers d'identité. Ainsi s'était
apaisée la première inquiétude de Sabine, car dans la porte

her (in jest) with his lit cigarette in order to make her decide to leave the bed in whose velvet folds she'd snuggled down, as in a refuge where no harm could come to her again. And from there it was the otter she had looked at, and again at herself in the glass, rather than at the man who had set on her like a mad dog (she'd thought) a few moments earlier.

His having taken her only once, his having (as he'd said) used her for a single satisfaction only, had not surprised her; she would have accepted without demur his wanting more.

She had undressed herself, under his gaze as he'd desired. Nor had she objected to his ordering her to remove her shoes first, on the dark carpet, under the feeble light of a pair of wall-brackets, which in relation to the otter were like two sanctuary lamps. Nevertheless she had anticipated that he would undress her, when he had opened the door of the room.

Hanging on his arm, when she had climbed the stairs, she had been a little ashamed of having come out without stockings, as was her habit in the summer months. One of her ankles showed where she had been scratched by a bramble in the forest. Her hair had caught in the branches; it probably still showed. 'I must look like a tramp,' she'd thought, dreading the stare she would get from a chamber-maid whose job it might be to prepare the room for passing couples.

She had noticed that Luque had given a good tip to the night-porter in addition to the price of the room. 'You know me; I'll answer for the young lady; and in any case we shan't be long,' he'd said, when the man had asked for their identity papers. Thus Sabine's anxiety had subsided, for indeed at the instant of moving

tournante, justement, elle avait eu envie de ressortir, à la pensée qu'elle risquait d'être arrêtée puisque lui manquait son sac avec sa carte d'étudiante. Il l'avait poussée dans le tourniquet par les deux épaules, comme une captive que l'on vient d'amener. Outre l'angoisse morale, sa gorge était serrée à cause de ce qu'elle avait avalé en hâte: une poignée de groseilles qui pour être mangeables eussent eu besoin de soleil pendant bien des semaines. «Pour te donner le frisson d'usage, comme pour pleurer tu te penches sur des oignons coupés . . .», lui avait dit Luque en les lui tendant, après les avoir cueillies sur un buisson du jardin, au sortir de la voiture.

Tous deux s'étaient promenés en forêt cette nuit-là, sous la lune. Ils avaient dansé auparavant, entre des bougies à la flamme vacillante, dans un petit bal[8] de la lisière où Luque avait donné rendez-vous à Sabine (et elle l'y avait précédé, bien entendu, s'inquiétant longtemps s'il allait venir).

Quand il l'avait rencontrée pour la première fois, à la lune ascendante, devant un mur blanc, sous un lampadaire et sur un banc où elle attendait seulement qu'il fût assez tard pour rentrer dormir, il l'avait émue étrangement en l'embrassant tout de suite. Cependant elle était sortie sans espérer rien, sans avoir aucune intention que de laisser passer les heures. Nul avant Luque ne l'avait jamais embrassée.

Son sang avait coulé abondamment à l'âge de quatorze ans, quand elle était tombée sur un grillage, du haut d'un petit mur où elle avait voulu gambader au clair de lune, à l'imitation d'une danseuse de corde qu'elle avait vue tout illuminée par les projecteurs d'un cirque ambulant. Et à sept ans, le jour de son anniversaire, on l'avait à peine délivrée d'une chienne de l'espèce boxer, qui menaçait de

into the swing doors, she'd suddenly wanted to go back out again, at the thought that she might be arrested since she'd come out without her bag with her student's card. Grasping both her shoulders he had pushed her through the revolving doors, as if he were delivering a captive. In addition to her mental distress, her throat was tight because of something she'd swallowed down in haste: a handful of redcurrants which needed several weeks more sunshine to ripen. 'That's to give you the regulation shudder, like bending over chopped onions to make yourself cry . . .,' Luque had said holding them out for her to take, after he'd picked them off a bush in the garden on getting out of the car.

Both of them had walked in the forest that night in the moonlight. Beforehand they had danced among flickering candles in a little bar on the edge of the forest where Luque had arranged to meet Sabine (and, needless to say, she had got there first, worrying for some time whether he would come).

When he had met her the first time, with the moon rising, in front of a white wall, under a street lamp and on a bench where she was simply waiting for it to be late enough to go home to bed, he had moved her strangely by immediately kissing her. Yet she had left the house expecting nothing, with nothing in mind other than getting through the hours. No one before Luque had ever kissed her.

Her blood had flowed in great abundance at the age of fourteen when she'd fallen onto a fence from the top of a little wall where she had felt the urge to skip and dance in the moonlight, in imitation of a tightrope dancer whom she'd seen at a travelling circus caught and held in the spotlights. And on the day of her seventh birthday, she had been snatched only just in time from the jaws of a boxer

la dévorer ou de la déchirer au moins, après l'avoir cruellement mordue.

Sa mère en lui donnant la vie était décédée.

Devant l'hôtel des Lavandières, le gravier sort de l'ombre, car un nuage qui voilait la lune s'est retiré progressivement, comme une éponge dans la main d'un géant lent qui nettoierait le verre d'un phare à sa mesure, et le jardin s'emplit d'une atroce clarté jaune. Un petit renard passe en trottant sur les fougères naines et sur les prèles; il disparaît sous les arbustes. Des champignons mauvais dominent de peu la mousse. Jusqu'à la fin de la saison les groseilles auront une acidité repoussante.

bitch, which had bitten her cruelly and threatened to devour her or lacerate her at least.

Her mother had died giving birth to her.

In front of the Hôtel des Lavandières the gravel stretch emerges from shadow, for a cloud which had veiled the moon has withdrawn gradually, like a sponge in the hand of a slow giant cleaning the lantern of a lighthouse of proportionate size, and the garden is filled with an eerie, yellow brightness. A little fox comes trotting past over the dwarf fern and the marestail, and disappears under the bushes. Toadstools are just showing above the moss. Not till the end of summer will the redcurrants lose their dreadful sourness.

# TRAFFIC IN HORSES

## JACQUES PERRET

*Translated by David Constantine*

# TRAFIC DE CHEVAUX

MON vieil ami Jules Dulle, retrouvé par hasard à Montréal, avait été mon condisciple au *Lycée Montaigne*.[1] Nous nous étions perdus de vue, bêtement, lui s'engageant dans l'étude des sciences exactes et les carrières à concours, moi errant sans génie dans l'inexact, le facultatif et l'aléatoire. Rien de plus arbitraire au demeurant que la divergence de nos destins puisque son père était gonfleur de ballons libres et le mien caissier au bazar du Progrès:[2] Jules Dulle n'était pas né lauréat, pas plus que j'étais né propre-à-rien, mais de fil en aiguille, de coq-à-l'âne et de pli en pli,[3] il avait fini par ressembler à un ingénieur d'avenir et moi à une tête-en-l'air de petite pointure. Peu importe au fond: passé l'âge de quinze ans on ne prend plus d'engagements vraiment sérieux. Les pactes importants sont scellés coude à coude, sur le pupitre noir qui sent l'encre amère et dans le sillage des billes de verre.

Nous célébrâmes les retrouvailles dans le premier bistrot qui nous tomba sous la main, encore qu'à Montréal il n'y eût pas de bistrot, dans le sens vraiment bistrot du mot. Mais de tels moments sont exquis n'importe où, ils magnifient l'existence et, au besoin, vous raccommodent avec elle. En deux canettes de bière, nous eûmes récapitulé les principaux incidents de classe, rengaines, sobriquets et idioties diverses qui nous faisaient complices pour la vie, et les jours suivants se déroulèrent comme une récréation imprévue dans une existence qui prenait insensiblement tournure de cycle scolaire. Dulle n'abandonnait pas pour autant son maintien d'ingénieur distingué. Il avait un

# TRAFFIC IN HORSES

My old friend Jules Dulle, whom I came across again in Montreal, had been at school with me, at the Lycée Montaigne. It was silly, but we had lost touch with one another: he had gone in for the exact sciences and a competitive career, whilst I was drifting around without special genius in a world of imprecision, of options and uncertainties. But nothing could be more arbitrary than the different ways we had gone, for his father was a blower-up of free-flying balloons and mine a cashier at the Progress Stores. Jules Dulle wasn't born top boy, any more than I was born a good-for-nothing, but one thing led to another (not always very logically), one thing became a habit, and then another, until finally he had come to look like an engineer with a future and I myself like a pint-sized dreamer. Not that it mattered much: no one seriously commits himself to anything after the age of fifteen. The important bonds are formed following up glass marbles and sitting shoulder to shoulder at dark school desks with their bitter smell of ink.

We celebrated our reunion in the first bistro we came to, even though in Montreal there were no bistros in the real bistro sense of the word. But such moments are exquisite, no matter where; they enlarge our lives and, if necessary, reconcile us to them. After two bottles of beer we had been through the main things that had happened to us at school, the old stories, the nicknames and the various idiotic doings that made us confederates for life. The next few days passed like an unexpected holiday in what was imperceptibly becoming the old, school routine. But for all that Dulle never looked any less the distinguished engineer. He wore an almost black overcoat, a hat braided

pardessus tirant sur le noir, un chapeau bordé, une montre à chaîne, des stylos et porte-mines à la petite poche de son veston et des principes dans les entournures.[4] Mon apparence avait plus de laisser-aller, un laisser-aller qui, je l'avoue, trahissait moins les négligences d'un penseur distrait qu'un puéril défi aux professions intellectuelles, mais l'ami Dulle s'obstinait gentiment à n'y voir qu'un incident pittoresque et le petit côté amusant d'une défaillance passagère de mon destin. Lui-même, il faut bien le dire, était en chômage depuis un mois. Chômage empreint de dignité, cela va de soi, mais, à la longue, les expédients honorables furent envisagés à demi-mots. Jules Dulle était l'homme le moins débrouillard du monde et se persuadait agréablement que, de ce côté-là, j'avais de gros moyens. Il se trompait beaucoup. L'aveu de mon instabilité professionnelle et mon goût de casser la croûte dans les jardins publics avaient suffi à me parer d'une fallacieuse auréole d'aventurier. Je le prévins loyalement que mes relations dans le monde des ingénieurs ou des employeurs d'ingénieurs n'étaient pas sérieuses, mais que j'avais en vue un certain nombre de partis, et qu'étant moi-même en période de mutation, toute aubaine quelle qu'elle fût, serait mise en commun. En vérité, j'avais résolu de changer de climat et tous les matins j'allais rôder sur le port en quête d'un embarquement, traînant dans les bistrots, poireautant dans les antichambres des compagnies de navigation, exhibant deux ou trois certificats crasseux qui témoignaient, à la rigueur, de vagues emplois tenus à bord de bâtiments douteux à travers les golfes les moins fréquentés de l'Amérique tropicale et sous les pavillons les plus dérisoires. Et maintenant que j'avais trouvé une occasion absolument inespérée, mon ami Dulle faisait la fine bouche:

— Cette histoire de chevaux nous prépare des ennuis, disait-il, tandis que je l'entraînais d'un pas rapide vers le port.

round the rim, a watch on a chain, fountain-pens and pro-
pelling-pencils in his jacket-pocket, and he had principles,
that strait-laced him somewhat. I was more easy-going in
my appearance, though I must admit that this was due less
to the negligence of one lost in thought than to a childish
scorn for the intellectual professions. But my friend Dulle
was kind enough to see in it no more than a picturesque
detail and the amusing side of a temporary hold-up in my
career. He himself, it should be said, had been idle for a
month. A dignified idleness, to be sure, but in the end he
did begin to wonder, in a rather covert fashion, what course
he might honourably adopt. Jules Dulle was the least
resourceful of men, and he liked to think me very well off
in that respect. He was quite wrong. When I confessed my
professional instability and my taste for eating in public
parks, this was enough to surround me – quite undeserved-
ly – with all the glamour of an adventurer. I loyally warned
him that my contacts in the world of engineers and em-
ployers of engineers were not worth very much; however,
I had a number of possibilities in mind, and, being myself
in a period of change, any windfall, whatever it might be,
would be shared between us. In fact I had decided on a
change of climate, and every morning I went and prowled
around the port looking for a ship, hanging about the cafés,
cooling my heels in the waiting-rooms of shipping com-
panies, producing two or three grubby certificates as
proofs (more or less) of vague jobs on dubious ships crossing
the least frequented gulfs of tropical America, under the
absurdest flags. And then when I was given a completely
unhoped for opportunity my friend Dulle turned up his
nose at it:

'We're in for trouble with this horse business,' he was
saying, as I hurried him along towards the port.

Notre embarquement à bord du *Star of Ontario* se présentait dans des conditions qu'il estimait précaires. Il les jugeait en vérité indignes et malhonnêtes, mais, par délicatesse, il les disait simplement précaires. Jugez-en par vous-mêmes. Je me trouvais ce matin-là en méditation devant la muraille noire d'un cargo excessivement démodé. Sur le port et sur le fleuve pesait un épais brouillard tout vibrant d'innombrables sirènes. Un homme du bord venait de m'apprendre avec rudesse que «cette fichue canaille gâteuse de *Star of Ontario* appareillait le jour même pour les Bermudes, les Antilles et le Saint-Frusquin». Je caressais donc l'idée d'un hivernage aux cocotiers lorsque j'entendis derrière moi comme un bruit de cavalerie et, avant même que j'aie pu m'écarter, une vingtaine de chevaux se pressaient autour de moi dans un désordre inquiétant. Ils semblaient aveuglés de brouillard et tourmentés par les odeurs marines. Plusieurs me bousculèrent de leur croupe chaude et, pour me frayer un chemin, j'en pris un au licol. Ce piétinement de sabots sur le pavé sonore, ces bruits de naseaux soufflant autour de moi dans la brume, tout ce remuement qui me prenait à partie, indiquaient assez clairement que le destin avait réglé ce carrousel à mon intention. En effet, du haut du bastingage, une voix commençait à m'injurier. C'était le second du cargo. Un des jureurs les mieux doués que j'aie connus, non qu'il eût la voix particulièrement offensante (elle était plutôt monotone et cassée), mais il avait le souffle, le sens des enchaînements et un tel génie de la cadence que je crus un instant qu'il m'injuriait en vers. De longtemps, à mon avis, il n'avait eu à portée de voix si belle occasion de fulminer sa pleine mesure. Quelquefois il reprenait haleine et je voyais sa haute silhouette, à peine penchée vers moi, comme l'impassible envoyé de la colère des dieux. Le tapage des chevaux me gênait beaucoup pour entendre ses

We had been taken on board the *Star of Ontario* in what seemed to him hazardous circumstances. In fact he thought them dishonourable and dishonest but, to spare my feelings, he called them simply hazardous. Judge for yourselves. That morning I was standing deep in thought in front of the black hull of an extremely old-fashioned tramp steamer. Over the port and the river there lay a thick fog that vibrated with the sounding of countless sirens. I had just been rudely informed by someone on board that 'this damned old wreck the *Star of Ontario*' was putting out that same day 'for Bermuda, the West Indies and all that lot'. And I was just enjoying the idea of wintering under the coconut trees when I heard what sounded like a troop of cavalry behind me, and before I had time to get out of their way about twenty horses were pressing round me in a disturbingly uncontrolled fashion. They seemed blinded by fog and tormented by the smells of the sea. Several of them pushed against me with their warm croups, and to make my way through I took hold of one of the horses by the halter. The loud stamping of hooves on the flagstones, the snuffling of nostrils around me and all the commotion in which I was being involved seemed clear enough indications that fate had arranged this carousel with me in mind. And indeed from up on the bulwarks a voice began abusing me. It was the first mate of the cargo ship. One of the most gifted swearers I've ever known. It wasn't that he had a particularly abusive voice (in fact it was rather monotonous and broken) but he was never lost for words and he had a gift for stringing them together and such a fine sense of rhythm that I thought for a moment he was swearing at me in verse. Not for a long time, I'm sure, had such a good opportunity for swearing his fill come within range of his voice. Now and then he drew breath and I saw his tall silhouette leaning slightly towards me, like the impassive

paroles mais je dois dire que, même en possession de tous mes moyens, par temps clair et vent nul, je suis loin d'apprécier toutes les subtilités de la langue anglaise. Pourtant je distinguai quelques bribes, assez pour comprendre que le second voyait en moi le conducteur accrédité des cavales de brume, que ce lot de canassons portuaires devait être embarqué tout de suite avec le convoyeur, qu'on s'étonnait fort de voir confier de si fiers palefrois à la plus indescriptible andouille de l'Empire Britannique, qu'il ne fallait pas confondre la marine avec le farouest et que j'eusse à rassembler incontinent mes pouliches de mauvaise vie en colonne par un, vu que le *Star of Ontario* n'avait pas l'habitude de rater la marée pour aller au circus. La conviction du second était si bien établie que j'en fus pénétré moi-même et que j'enfilai la peau du personnage avec une aisance, une promptitude qui font encore mon admiration. Je n'insiste pas sur les démêlés confus qui s'ensuivirent; avec les chevaux d'abord dont plusieurs s'étaient éloignés sous des prétextes divers dans les ruelles avoisinantes et dont l'un avait déjà happé un kilo de beignets sucrés à l'éventaire d'un Italien ambulant; avec le second ensuite, descendu en même temps qu'une poignée de matelots qui s'élancèrent à a poursuite des chevaux en poussant des cris sauvages. Nous eûmes, lui et moi, une conversation très agitée. Par un filin passé dans les licous je tenais enfin une demi-douzaine de chevaux, nerveux, agacés, humant les paquets de brouillards venus du fleuve saumâtre et flairant l'odeur des lendemains peu sûrs. Le second me parlait sans arrêt. Quelquefois nous étions séparés par l'épaisseur de trois croupes fumantes et brusquement un remous, comme une figure de manège, nous affrontait dans un cercle de chanfreins baveux. Il me fallait à tout moment intercaler dans mes réponses des apostrophes de cocher que le second prenait pour lui, et plus d'une fois nos explications furent anéanties par un

representative of the angry gods. The row the horses were making seriously hindered me in hearing what he was saying, but I must admit that even in possession of all my faculties, in calm weather, with no wind, I am far from appreciating all the subtleties of the English language. But I made out a few bits, enough to understand that the first mate saw in me the official man in charge of these misty mares, that this consignment of old harbour nags was to be embarked at once together with their groom, that it was amazing to see such proud palfreys entrusted to the most indescribable nincompoop in the British Empire, that the navy wasn't the Wild West and that I'd better get my disreputable fillies in single file quick because the *Star of Ontario* wasn't in the habit of missing the tide for the sake of a circus. The mate was so confirmed in his opinion that I was myself convinced, and I entered into the part with an ease and a promptness that I cannot but admire even now. I shan't dwell on the confused dealings that then ensued; dealings with the horses, first, several of which had gone off under various pretexts into the adjoining sidestreets, and one of which had already helped himself to a couple of pounds of fritters from off the tray of an itinerant Italian; and then dealings with the mate who had come down at the same time as a handful of sailors who ran off, yelling savagely, in pursuit of the horses. He and I had a very hectic conversation. I had finally got hold of half a dozen horses by a rope through their halters; but they were nervous and irritable, breathing in the waves of fog from off the brackish river and scenting the uncertainty of the days to come. The mate never stopped talking to me. Sometimes we were separated by the breadth of three steaming croups, and then a sudden swirl, like some equestrian manoeuvre, would bring us face to face, surrounded by beslobbered horses' foreheads. Again and

hennissement lugubre et prolongé. Tout cela n'était pas compatible avec un dialogue vraiment clair et satisfaisant. Voici un passage, expurgé de ses blasphèmes; il se situe peu après que j'eusse tendu au second mes papiers personnels entre les oreilles d'un bai brun:

— Vous ai demandé les papiers des chevaux, imbécile, etc . . .

— Prenez votre temps, ce sont de bons certificats, monsieur.

— Papiers des chevaux! sacrée figure de . . . etc . . .

— Oui, une bouchée de foin les calmerait un peu, monsieur.

— Ils ont bouffé les papiers?

— Moi, je croyais que vous étiez prévenu, monsieur.

— Je ne peux pas embarquer n'importe quels fichus, sacrés chev . . .

— En tout cas, voilà les chevaux, monsieur.

— Qu'est-ce qui me prouve?

— J'ai quand même de bons certificats, monsieur.

— Au bistrot?

— Pour ça oui, de bons chevaux, monsieur.

— Et foutu palefrenier, fils de . . . bon à . . . tête à . . .

— Pour le matelotage vous n'aurez pas à vous plaindre, monsieur.

— En somme, vous êtes écuyer ou matelot?

— Oui, bien sûr, monsieur.

— Bon. N'empêche que des chevaux sans papiers, c'est dur à avaler.

— Vous l'avez dit. Un coup de whisky ça chasse le brouillard, monsieur.

again I had to interrupt my answers with shouts to the horses that the mate supposed I meant for him, and more than once our explanations were drowned by a mournful and prolonged whinnying. All that was not compatible with a really clear and satisfying dialogue. Here is an extract, expurgated of its obscenities; it took place shortly after I had handed the mate my personal papers between the ears of a bay:

'I asked you for the papers for these horses, idiot, etc. . . .'

'Take your time, sir, they're good certificates.'

'Papers for the horses! you bloody . . . etc. . . .'

'Yes, a mouthful of hay would quieten them down a bit.'

'They've eaten the papers?'

'I thought you were expecting us.'

'I can't take any bloody old horses on board . . .'

'Well anyway here are the horses.'

'What proof have I got?'

'Well, sir, I've got good certificates.'

'In the pub?'

'Oh yes, sir, they're good horses all right.'

'Bloody fool of a horseminder, son of a . . . fit for . . . thick as . . .'

'I'm a good sailor – you won't have any complaints about that.'

'What are you then, a stableman or a sailor?'

'Oh yes, of course, sir.'

'Right. All the same it's hard to swallow, horses and no papers.'

'You're right there, sir. A drop of whisky gets the fog out of your throat.'

Et ainsi de suite. Pourtant, sans en avoir l'air, la conversation progressait et ma solidarité avec les chevaux se confirmait de réplique en réplique. Et tandis que le mât de charge venait pêcher les bêtes une à une sur le quai pour les hisser dans le brouillard, pieds ballants comme des hippogriffes sinistrés, mon destin s'amarrait solidement à celui du *Star of Ontario*, sympathique rafiot qui braconnait les équidés vagabonds avec des engins de pêche prohibés. Le second ne parut même pas attacher d'importance au fait qu'il manquait un cheval. Plus exactement il dit qu'il en manquait au moins un ou deux. En guise de compensation, il voulut bien accepter d'embarquer mon ami Jules Dulle, à condition qu'il fût tant soit peu palefrenier, lui. Je répondis qu'il était un garçon d'écurie très distingué. Il me conseilla d'aller le chercher en vitesse parce que l'hiver approchait et que le *Star of Ontario* n'avait pas l'intention de se laisser coincer par les glaces, ni par qui que ce soit. En effet, les treuils fonctionnaient à toute allure, les chevaux s'enlevaient du sol à cadence rapide et dans un vrai style de foire pour se recevoir lourdement sur le pont garni de paille, tandis qu'un docker agitait fébrilement l'avant-bras pour accélérer la manœuvre.

Jules Dulle était en train de faire chauffer l'eau de sa barbe sur notre petit réchaud quand je fis irruption dans la chambrette :

— Eteins ça, dis-je, nous quittons la ville.

— Pour aller où ?

— Aux Bermudes.

— Qu'est-ce que tu veux que j'aille fiche aux Bermudes ?

— Les Bermudes ne te disent rien ?

— Ça dépend.

— Tu réponds toujours à côté. Les Bermudes ne dépendent de rien. C'est un archipel qui existe en soi. L'idée

And so on. Yet, without seeming to, the conversation progressed, and every reply I made confirmed me in my solidarity with the horses. And while the derrick came and fished the animals one by one off the quay and hoisted them up into the fog, their feet dangling, like hippogriffs come to grief, my fate was being made fast to that of the *Star of Ontario*, a likeable old hulk poaching vagrant equidae with illegal fishing tackle. The mate did not even seem to think it important that one horse was missing. Or rather, he said at least one or two of them were missing. By way of compensation he agreed to take my friend Jules Dulle on board, providing he could make some claim, however slight, to being a horseminder. I replied that he was one of the most distinguished of stableboys. He said I'd better fetch him quick because winter was coming on and the *Star of Ontario* had no intention of getting caught by the ice nor by anybody else either. And indeed, the winches were working at full speed, the horses were rising at a rapid rate from the quay in real fair-ground style, and landing heavily on the deck where straw had been spread, while a docker waved his arm feverishly to hurry up the manoeuvre.

Jules Dulle was just warming up his shaving water on our little stove when I burst into the room:

'Turn that off,' I said, 'we're leaving town.'
'And where are we going?'
'Bermuda.'
'What the devil am I supposed to do in Bermuda?'

'Bermuda doesn't attract you?'
'That depends.'
'You're missing the point. The Bermudas don't depend on anything. They're a group of islands existing in their

Bermudes doit te plaire ou te déplaire par rapport à rien, absolument.

– Soit. Ça me plaît. Mais qu'y ferais-je?

– L'ingénieur, pardi.
– J'ai ouï dire que ces îles étaient encombrées d'ingénieurs en retraite.
– Ça vaut mieux qu'une cité encombrée d'ingénieurs en chômage. Dépêche-toi.
– Tu es subtil, mais oiseux.
– Je suis réaliste. Il vaut mieux attendre son destin au souffle des alizés que dans les galetas d'une métropole.
– Et comment iras-tu, à ces Bermudes?
– Déjà le vaisseau tire sur ses amarres. Grouille-toi.

En courant vers le port je lui exposai brièvement la situation mais le côté merveilleux de la conjoncture lui échappait:

– Je maintiens mon opinion, disait-il, essoufflé par la course et peut-être impressionné par le mugissement des sirènes qui le hélaient dans le brouillard. Non, disait-il, cette histoire de chevaux n'est pas pleinement satisfaisante. Je ne crois pas à la fortune des malentendus.

En réalité, il voulait dire: abus de confiance, mais, par délicatesse, il disait malentendu. Néanmoins le pacte scolaire jouait à fond et nous étions deux gamins séchant le cours de botanique pour nous dessaler au hasard des rues.

– Je persiste à croire que cette histoire de chevaux, obscurément irrégulière, nous ménage des ennuis, disait-il encore après que je l'eusse présenté au second. L'entrevue que je redoutais un peu fut heureusement abrégée par les soucis de l'appareillage. Le second, malgré ses idées larges et sa longue expérience relative aux bizarreries fonda-

own right. The idea of Bermuda ought to appeal to you or not appeal to you without reference to anything, absolutely.'

'Very good. It appeals to me. But what would I do there?'

'Be an engineer, for heaven's sake.'

'I've heard the islands are littered with retired engineers.'

'That's better than a city littered with engineers out of work. Hurry up.'

'Very clever, but beside the point.'

'I'm being realistic. Better to await your fate where the trade-winds blow than in the garrets of a big city.'

'And how will you get to Bermuda?'

'Even now our ship tugs at its moorings. Get a move on.'

Hurrying towards the port I briefly explained the situation, but the marvellous side of the circumstances escaped him.

'I abide by my opinion,' he was saying, breathless from running and perhaps impressed by the moaning of the sirens that were hailing him through the fog. 'No,' he was saying, 'this horse business is not wholly satisfactory. I don't believe good luck can come of a misunderstanding.'

What he really meant was 'deception' but, to spare my feelings, he said 'misunderstanding'. Nevertheless, the old schoolboy alliance was effective, and there we were: two lads skipping the botany class to see what the streets could teach us.

'I do still think that this – somehow irregular – business of the horses will get us into trouble,' he said again, after I had introduced him to the mate. Fortunately the interview, about which I was rather apprehensive, was cut short by the business of getting under way. The mate, despite his broad-mindedness and his long experience of the funda-

mentales de la condition humaine, malgré son habitude
d'expédier avec une égale rondeur l'ordinaire et l'extraordinaire, n'avait pu dissimuler un léger flottement de l'âme
à la vue de mon ami Dulle qui, en pardessus noir et
boutonné, avait exécuté un coup de chapeau exemplaire
dans le style ancien élève des grandes écoles.[5] S'adressant
à moi, le second demanda si le copain était lauréat du
collège des palefreniers royaux, ou vétérinaire de district,
ou avaleur de parapluie à corbin, ou quoi? Et sans attendre
la réponse, il envoya mon ami Dulle s'installer dans
l'entrepont, l'air de me dire: mettez le paquet sous la
banquette, on verra ça plus tard.

Les chevaux furent placés à l'avant, sur le pont, dans des
boxes de fortune appuyés au bastingage et grossièrement
bricolés avec des bouts de planches, débris de caisses et
bâches de rebut. Je n'ai jamais su par quelle voie licite ou
illicite, quels enchaînements calculés ou fortuits, quelles
négociations commerciales, maquignonnage de dupes,
clearing à la sauvette, commission d'Etat, coup de pot ou
foire d'empoigne,[6] les chevaux étaient venus de la Prairie à
bord du *Star of Ontario*; toujours est-il que cette cavalerie
était embarquée pour les Bermudes, moi étant convoyeur
avec l'ami Dulle pour commis. Peut-être ignorez-vous que
l'accès de ces îles fortunées, à l'époque en tout cas, était
rigoureusement interdit aux véhicules automobiles dont les
pétarades eussent contrarié une population extrêmement
pointilleuse sur les conditions de son repos. Là, vivait une
colonie britannique tout ce qu'il y avait de huppé: retraités
de Sa Majesté, commodores à gros foie, oisifs à pedigree,
majors à moustaches d'honneur, tous attentifs à faire
respecter une règle sévère concernant le rituel de la sieste,
la liturgie du bridge, l'impérial ennui du thé sous la véranda,
et l'assoupissement des consciences à l'abri du *Times*. Les
routes n'étaient entretenues que pour les victorias et les

mental oddities of the human condition, despite his habit of dismissing with an equal roundness the ordinary and the extraordinary alike, had not been able to conceal a slight hesitancy at the sight of my friend Dulle, who, in his black, buttoned up overcoat, had raised his hat in exemplary old-school fashion. Turning to me, the mate asked if my friend were top boy at the Royal College of Stablemen, or the local vet, or a crook-handled-umbrella-swallower, or what? And without waiting for a reply he sent my friend Dulle off to install himself between-decks – as much as to say to me: 'put your parcel under the seat, we'll have a look at it later.'

The horses were housed forrard on deck in makeshift boxes propped up against the bulwarks and roughly put together from bits of planking, broken up packing-cases and cast-off canvas covers. I still don't know by what legal or illegal ways, what intentional or fortuitous chain of events, what business deals, jiggery-pokery, dodgy transactions, government order, stroke of luck or act of thievery those horses got from the prairies to the decks of the *Star of Ontario*; but there they were, a herd of them, embarked for Bermuda, with me in charge and my friend Dulle as my assistant. You may not know that, in those days at least, access to these fortunate isles was strictly prohibited to all motor vehicles, since their backfirings would have been disagreeable to a population that was extremely particular about its peace and quiet. There a British colony lived, the poshest imaginable; retired servants of His Majesty, swollen-livered commodores, blue-blooded layabouts, majors with handlebar moustaches – all watchful that the rules governing the ritual of siesta, the liturgy of bridge, the imperial boredom of tea on the verandah and the dulling of conscience behind the pages of *The Times* be strictly observed. The roads were main-

tilburies. Tout bruit mécanique ou échappement de gaz
était proscrit d'une atmosphère soignée comme un gazon
de golf et l'archipel devait sentir exclusivement la brise de
mer, les fleurs, l'eau de Cologne, le havane et le noble
crottin. Ainsi ces chevaux anonymes, bâtards de l'imposture
et du brouillard, grossièrement parqués sur un vieux
maraudeur qui puait l'huile chaude, inquiets et prostrés
comme des émigrants, étaient-ils promis aux plus aristo-
cratiques servitudes que puisse rêver un cheval domestique.

Nous voilà donc sortis du Saint-Laurent par un temps
froid et bouché avec nos écuries en proue. Les chevaux
étaient rangés face au large, mais le nez sur la cloison de
planches et privés du spectacle de la mer. C'étaient de jolies
bêtes, encore qu'un peu négligées: deux ou trois bais, un
noir et le reste gris moucheté. Entre les deux rangées de
croupes, la paille et le foin s'entassaient sur le panneau de
cale et chaque matin, après lavage du pont, je retapais les
litières et distribuais le fourrage. Je n'étais pas assez marin
pour trouver la besogne indigne et il n'y avait pas si longtemps que je travaillais dans une ferme du Manitoba pour
ne savoir empoigner avec aisance un manche de fourche.
Et puis, par ce temps glacé, il n'était pas négligeable de
pouvoir circuler entre les bêtes chaudes et se dégourdir les
mains sous les naseaux fumants; cela compensait largement
l'inconvénient de travailler en vue de la passerelle. De ce
côté-là je dois reconnaître que les officiers n'étaient pas
tellement sur l'œil. Mais la première fois que mon ami
Dulle vint exercer près de moi ses fonctions mal définies
et qu'il crut devoir secouer un peu de paille, il se fit comme
un remous sur la dunette. Le capitaine, un homme triste
et doux, déclara que s'il revoyait encore une fois cette
espèce de kangourou à paletot tourner autour des bêtes, il
ne répondait plus de la conduite du navire. Dulle prit assez

tained only for the victorias and tilburies. All mechanical noises and fumes were banned from an atmosphere as carefully tended as the green of a golf-course, and the islands were not supposed to smell of anything but sea-breezes, flowers, Eau-de-Cologne, Havana cigars and high-class horse-dung. Thus our nameless beasts, the illegitimate offspring of imposture and sea-fog, roughly herded aboard an old pirate ship that stank of hot oil, uneasy and exhausted as emigrants are, were destined for service as aristocratic as any domestic horse could wish.

There we were, then, clear of the Saint Lawrence in cold, thick weather, with our stables in the bows. The horses were lined up facing out to sea, but with their noses up against the planks of their stalls they were not able to see anything of it. They were handsome animals, if a little neglected: two or three bays, one black and the rest spotted greys. The straw and the hay were piled up over the hatch-covers between the two rows of croups, and every morning, after the deck had been washed down, I straightened the litters and distributed the fodder. I wasn't sailor enough to consider this job beneath my dignity, nor was it so very long since I'd been working on a farm in Manitoba and I could still handle a fork. And then, in that freezing weather, it was worth something to be able to go around among the warm animals and thaw out my hands under their steaming nostrils; it amply made up for the inconvenience of working in full view of the bridge – and for that matter I must admit that the officers were not particularly strict. But the first time my friend Dulle came to carry out his ill-defined duties at my side and thought he ought to shake out a bit of straw there was rather a commotion up on the poop. The captain, a sad, gentle kind of man, said that if he ever again saw that ridiculous great-coated kangaroo prowling around the

bien la chose et se cantonna désormais à l'arrière, avec les deux autres passagers d'entrepont qui étaient un chinois quelconque et un nègre de qualité. Bien qu'enclin à l'arrogance le nègre lui témoignait un peu d'estime, ayant décidé que mon ami Dulle était non seulement un homme savant mais un homme de Dieu, timide missionnaire des entreponts. Souvent, après le travail, j'allais bavarder avec Dulle qui, pendant les longues heures du jour, couché sur sa paillasse dans l'ombre glacée, l'odeur surie et le ferraillement des chaînes de gouvernail, avait rassemblé patiemment quelques souvenirs de lycée pour en débattre avec moi, fumant une cigarette au crépuscule. Je notais alors le délabrement progressif de son vêtement: le chapeau résistait bien, comme tous les chapeaux bordés, mais le pardessus, col relevé, commençait à s'aveulir et sur sa chemise crasseuse la cravate papillon faisait une coquetterie un peu louche. Mais Jules Dulle n'avait pas faibli. L'embarquement frauduleux continuait d'alarmer sa conscience demeurée sévère quant à l'imposture hippique, cependant que l'amitié ne bronchait pas, solidement ancrée par-delà le bien et le mal. Parfois je croyais bon de le stimuler en évoquant le soleil qui bientôt nous inonderait d'ineffables promesses, mais, à franchement parler, son moral n'était pas gravement atteint, il ne posait aucune question amère sur le but vasouillard de ce voyage infect, se plaignait à peine du dormir et du manger, m'épargnait enfin les remords de l'ingénieur déchu. Ses allusions aux chevaux, jouets innocents de ma fourberie, avaient même, parfois, un léger accent de sollicitude enjouée.

Pour m'aider au pansage du matin et à l'entretien des fragiles écuries on m'avait adjoint un certain matelot qui

horses he would no longer be answerable for the navigation of the ship. Dulle took it fairly well and thenceforth
had his quarters aft with the two other between-decks
passengers, a nondescript Chinaman and a high-class negro.
The negro, although inclined to arrogance, did show my
friend Dulle a certain respect, having decided that he was
not only a scholarly man but also a man of God, a diffident
missionary of the between-decks. Often, after work, I
would go and chat with Dulle, who throughout the long
hours of the day, lying on his straw mattress in the freezing-
cold shadow, among the sour smells and the rattling of the
rudder-chains, had been patiently gathering together a few
school memories to discuss with me as we smoked a
cigarette in the evening. It was on these occasions that I
noted the gradual deterioration of his dress: the hat was
wearing well, as all braided hats do, but the overcoat,
with its collar up, was beginning to degenerate and against
his filthy shirt the bow tie made a rakish, rather disreputable effect. But Jules Dulle himself had not weakened.
The deception we had practised in getting aboard continued
to trouble his conscience, which still thought horse-trickery
a serious matter – but his friendship never flinched, being
firmly rooted beyond good and evil. Now and again I
thought I'd do well to rouse him by evoking the ineffable
prospects the sun would soon be pouring down on us, but,
frankly, his morale was not seriously affected: he asked no
bitter questions about the murky purpose of our lousy
voyage, scarcely complained about the way we slept and
ate; in fact any regrets he felt at being a failed engineer he
kept to himself. When he mentioned the horses innocently
involved in my imposture there was even, sometimes, a
trace of playful concern in his voice.

To help me with the rubbing down of the horses every
morning and the upkeep of their fragile stables I had been

répondait, avec une satisfaction puérile, au sobriquet de Scotch. Ce n'était pas qu'il fût écossais mais il avait un penchant pour le whisky, comme beaucoup de ses pareils qui, pour si peu, ne prétendent pas au surnom de Scotch. Il était jeune et pétulant, avec une figure poupine de chérubin voyou et tenait pour dégradant d'avoir à piétiner dans le crottin. J'aurais voulu lui expliquer que ces relents de fumier joints à l'odeur de mer composaient un fameux bouquet historique où surgissait la vision des croisés bichonnant leurs auferrants pommelés dans l'entrepont des nefs bénites, ou l'image des compagnons de Cortez abreuvant d'eau croupie leurs destriers en sueur au fond des caravelles. Mais l'anglais épique ne m'est pas familier, je manque de vocabulaire, et Scotch au surplus n'était pas de ceux qui ont besoin de références ou d'allusions pour se tenir solidement dans le quotidien.

Les choses allèrent fort bien ainsi jusqu'au large de Halifax où le temps se gâta. Forte brise et grosse mer. Le bosco, un maigrichon râleur aux yeux rouges, nous fit assurer les coins de bois des panneaux de cales et visser les portes de fer. Du côté des chevaux ça n'allait pas trop mal, mais on les sentait préoccupés, embarrassés de leurs jambes et maladroits à compenser le roulis. Nous n'embarquions encore que des paquets de mer sans gravité mais nous dansions déjà beaucoup; bientôt quelques bêtes furent prises de nausées avec de larges ondulations du ventre et de sinistres glouglous, et la plupart commencèrent de s'énerver, trébuchant et perdant l'équilibre. Nous allâmes vérifier leurs attaches.

Le premier soir du mauvais temps je trouvai mon ami Dulle accroupi sous l'abri du charpentier, le chapeau enfoncé jusqu'aux oreilles, nullement pressé d'aller rejoindre le nègre et le chinois qui vomissaient dans l'entre-

given a sailor who answered, with puerile satisfaction, to the nickname 'Scotch'. Not that he was Scottish, but he had a liking for whisky – but then so had many of his fellows, without ever asking to be nicknamed 'Scotch' for it. He was young and petulant, with the baby-face of a reprobate cherub, and he thought it degrading to have to trample around in horse-muck. I should have liked to explain to him that the stink of dung mingling with the tang of the sea made up a marvellous, historic bouquet out of which there rose a vision of crusaders grooming their dappled steeds on the decks of consecrated ships, or an image of Cortez's companions slaking the thirsts of their sweating chargers with stagnant water in the holds of the caravels. But I am not conversant with epic English, I lack the vocabulary, and anyway Scotch was not one who needed references or allusions to keep a firm footing in everyday life.

In this way things were going very nicely until we were off Halifax, and then the weather turned bad. Strong winds and heavy seas. The bos'n, a skinny, bad-tempered, red-eyed man had us make fast the wooden corners of the hatch-covers and screw down the iron doors. The horses themselves weren't doing too badly, but you could tell they were worrying about their legs, and they were clumsy at riding out the swell. The seas we were shipping were still not serious, but we were already pitching a good deal; soon some of the animals were sick, with great heavings of the belly and sinister gurgling noises, and most of them began to get nervous, staggering and losing their balance. We went round checking their ropes.

The first evening of bad weather I found my friend Dulle crouching down under the shelter used by the ship's carpenter; his hat was pulled down to his ears, and he seemed in no hurry to join the negro and the Chinaman

pont. Son visage était pâle mais serein, presque méditatif, comme si les mouvements du navire lui eussent révélé quelques aspects nouveaux du monde et de lui-même. Il avait reçu de bonnes fouettées d'embruns et son paletot mouillé commençait à perdre les derniers stigmates de la distinction industrielle pour s'orienter vers une carrière encore indistincte. Il faut dire que la lumière pisseuse du crépuscule suait la malveillance; tout ce qu'elle touchait devenait non seulement sinistre mais sordide et la silhouette ballottée du *Star of Ontario* faisait penser à un vieil ustensile en fer-blanc chahuté dans un flot d'égout. C'est à cette lueur que je voyais le visage de mon ami Dulle et pourtant il m'apparut d'abord tout empreint d'une espèce de noblesse, de cette noblesse qu'il faut bien consentir, en quelques occasions, à certains bourgeois qu'on dit indécrottables. Puis, à regarder mieux son visage un peu distrait, son air plus pensif qu'inquiet, je crus y découvrir les premiers signes d'une altération essentielle et me trouver en présence d'un ingénieur qui fait sa mue.

Enfin la tempête vint. Je vous ferai grâce de la description. Je ne prétends pas que le coup de tabac fut extraordinairement dur, encore que je sois naturellement porté à dire que, de mémoire de marin, on n'en vit de pareil; c'est humain. Tout de même, le vent soufflait fort et la mer se maniait mal. C'est au cours de cette nuit-là que le *Vestris*, paquebot américain, se perdit à quelques milles de nous. Nous prîmes bonne note de ses appels mais nous-mêmes étions en vilaine posture et vraiment ne pouvions rien pour ce confrère en péril. Déjà pour fuir la tempête nous avions changé le cap. Les deux bordées étaient sur pied. L'eau courait dans le poste et pour rejoindre l'un des deux gaillards il ne fallait pas avoir les mains dans les poches. Les écuries avaient volé en éclats.

Une demi-douzaine de paquets d'eau bien ajustés avaient

who were being sick between decks. His face was pale but serene, almost meditative, as if the motion of the ship had shown him certain new aspects of the world and of himself. He had been well lashed with spray and his overcoat was beginning to lose its last marks of industrial distinction, adapting itself to some other, as yet undecided, career. The piss-coloured evening light positively oozed malevolence; everything it touched became not only sinister but sordid, and as she pitched about the *Star of Ontario* looked like an old tin pan being tossed along down a gutter. It was in this light that I saw the face of my friend Dulle, and yet at first it seemed to me marked by a sort of nobility – the nobility that now and then certain apparently irredeemable bourgeois must be said to have. Then, taking more note of his rather preoccupied expression and of his not so much anxious as pensive manner, I thought I detected the first signs of a basic transformation in him – it seemed I was in the presence of an engineer changing his skin.

Finally the storm broke. I'll spare you a description of it. I don't claim it was so very extraordinary, although I'm naturally tempted to say that in living memory no sailor ever had such a buffeting: that's only human. And anyway the wind *did* blow hard and the sea was nasty. It was during that night that the *Vestris*, an American packet-boat, was lost a few miles away from us. We got her distress signals all right, but we were in a vile mess ourselves and could do absolutely nothing for our comrades in peril. We had already changed course to get out of the way of the storm. Both watches had been alerted. There was water in the fo'c'sle, and getting from one deck to the other was no easy matter. The stables had been smashed to bits.

Half a dozen well-placed waves had broken up the flimsy

mis en pièces les frêles cloisons de planches et les chevaux effarés s'ébrouaient dans l'écume. Toute la journée nous essayâmes, tant bien que mal, de maintenir le troupeau emmêlé dans ses liens rompus, trébuchant parmi les espars, brinqueballé d'un bord à l'autre, et la nuit nous surprit avec cette folle cavalerie sur les bras. Deux projecteurs braqués du haut de la passerelle isolaient des ténèbres un spectacle rarissime qui tenait évidemment de l'apocalypse et de la mythologie mais qui me rappelait aussi le souvenir du *Nouveau Cirque*, rue Saint-Honoré, où la piste était inondée pour le numéro final. J'avais souvent rêvé être clown et me mêler à ces jeux extraordinaires. Voilà qui était fait. C'était drôle, dans une certaine mesure. Les bêtes caracolaient parmi les débris flottants, ruaient, trépignaient dans un clapotis mousseux alourdi de fumier, tandis que le bateau, cul en l'air, hélice folle, tremblait à tout casser. Il y avait là conjonction absolument hétéroclite sinon inadmissible entre deux phénomènes qui devaient raisonnablement se suffire à eux-mêmes. Etaler la tempête et contenir une charge de cavalerie sont deux choses qui, dans un monde bien réglé, ne sont pas appelées à la coïncidence sous peine de surenchère et de cumul nuisible à la pureté du drame, et quant à moi, je n'avais pas encore vécu assez de tempêtes pour désirer voir cette rareté qu'est la tempête écuyère ou hippocyclone. Le côté cheval l'emporta ; j'étais l'homme fatal de ces carcans de fortune, tout le monde à bord avait le droit de s'en fiche, sauf moi. Tel est le pouvoir de la conscience professionnelle que le souci des chevaux me fit presque oublier les ennuis spécialement marins de la situation, allant même jusqu'à me faire dire aux instants critiques : « Après tout, si ça tourne au vinaigre, j'enfourche un canasson et je me débine de cette chienlit. » Cependant, la fantasia hauturière se cavalait sous le vent et taillait son chemin dans l'hippodrome amer. Quelques

wooden partitions, and the terrified horses were snorting
in the foam. All day long we did our best to look after
them, tangled up as they were in their broken ropes,
stumbling among the bits of wood, flung from one side
of the ship to the other, and night came on us with this
herd of maddened horses on our hands. Two searchlights
fixed to the top of the bridge picked out from the darkness a most extraordinary spectacle – one that clearly had
something of both the Apocalypse and pagan mythology,
but that also reminded me of the New Circus on the Rue
Saint-Honoré where they used to flood the ring for the
final number. I had often dreamed of being a clown and
joining in those extraordinary games. And now here I was.
It was amusing, in a way. The animals were doing half-
turns in the floating debris, bellowing and prancing in the
foaming, swashing water that was thick with dung;
whilst the ship, its stern in the air and its screw turning
uselessly, shuddered as if it would fall to bits. An utterly
irregular if not quite impossible conjunction of two pheno-
mena, each of which ought reasonably to have been enough
in itself. Riding out a gale and holding in a stampede of
horses are two things which, in any well-ordered world,
ought not to coincide; it's an excess, if they do so, a plurality
of events that mars the purity of the drama. And for myself, I hadn't been in so many storms that I should wish to
see that rarity, the equine storm or hippocyclone. The horse
side of the matter took precedence; I was the fateful
guardian of these old nags of fortune, everyone else on
board could quite rightly ignore them, except me. Such
is the power of one's professional conscience that my concern for the horses almost made me forget the specifically
nautical worries of the situation, so much so that at critical
moments I actually said to myself: 'Well, if it turns nasty
I'll get astride one of the nags and clear off out of this

bêtes écœurées suivaient le train sans conviction, mais la plupart, soudain délivrées par l'ouragan de leur servitude millénaire, et magnifiées par la peur, se livraient à toutes sortes d'excentricités; les unes se jetaient contre la vague dans un beau mouvement de poitrail à la Marly,[7] les autres dérapaient, glissaient, rebondissaient sur les manches à air ou se cabraient comme les chevaux du Pharaon engloutis dans le sillage des Juifs. Les crinières mouillées vibraient au vent mêlées aux fouets de l'écume, et sur les robes ruisselantes passaient des reflets de monstres marins. Ebloui par les rayons d'un projecteur, un cheval étincelant de blancheur s'ébrouait furieusement dans la paille flottante comme le coursier d'Apollon tombé dans les sargasses, tandis que le cheval noir se laissait emporter sans résistance par un retour de lame, comme un chien crevé, pour revenir presque aussitôt, galopant sur une crête écumeuse dans un style très classique, genre *Passage du Rhin*,[8] puis s'engloutir encore, filer entre deux eaux le long du bastingage et ressurgir devant le guindeau, les flancs zébrés de phosphorescences et les babines retroussées par le vent comme une damnée cavale échappée des infernaux paluds. C'est alors qu'à son licol je vis sauter mon ami Dulle, noir écuyer de ce noir palefroi. Pour venir jusque-là, il avait dû traverser le gué tumultueux de l'arrière submergé, se hisser à l'échelle à demi arrachée par les lames et se paumoyer dangereusement jusqu'au plus cafouilleux du carrousel flottant. Nous échangeâmes le grand cri de ralliement des bizuths[9] de la 3e A2, et le chahut défiait alors tous les pions du ciel et de l'océan. Bondissant des humides pacages les étalons marins montaient à l'abordage de la nef argonaute, et le *Star of Ontario*, tibubant et roulant, fonçait dans la nuit emporté par son attelage en furie. D'un instant à l'autre Amphitrite allait surgir quelque part dans les haubans pour rassembler le quadrige emballé de son cortège, et nous, comme des

mess.' Meanwhile the high-seas fantasia was galloping along before the wind and carving its way through the briny hippodrome. Some of the animals, the sick ones, followed the procession without much heart, but most of them, suddenly freed by the gale from a thousand years of servitude, and enhanced by their fear, indulged in all kinds of eccentric behaviour: some threw themselves against the waves with a fine movement of the breast, like the Marly horses; others skidded, slipped and bounced back off the ventilators, or reared up like Pharaoh's horses drowned in the wake of the Jews. Their wet manes trembled in the wind and were tangled in the lashes of foam, and reflections of sea-monsters passed over their streaming coats. One gleaming white horse, dazzled by the beam of a searchlight, thrashed furiously in the floating straw like Apollo's charger dropped in a sea of gulf-weed; while the black horse offered no resistance to the reflux of a wave and was carried away like a dead dog, only to return almost immediately galloping along on a crest of foam, in classical *Passage du Rhin* style, and then sank again and between two waves slid along the bulwarks and surfaced in front of the windlass, its sides striped with phosphorescence, its lips curled back by the wind, like a mare from hell, fleeing the infernal marshes. It was then that I saw my friend Dulle – the black groom of this black steed – leap for the halter. To get that far he had had to ford the submerged and turbulent stern of the boat, pull himself up on to the ladder that the waves had already half torn loose, and climb hand over fist up to this most bewildered horse in the floating carousel. We gave the fourth-formers' rallying cry, and the row then would have been too much for all the schoolmasters of heaven and the deep. Leaping from their watery pastures the sea-stallions boarded their good ship *Argo* and the *Star of Ontario*

tritons zélés, heurtés, boulés par le ressac, nous nous affairions dans la chevauchée, pendus aux naseaux des hippocampes dételés.

Par instant les phares de la passerelle, braqués sur nous, donnaient à la scène un caractère artificiel et postiche. L'authentique s'effaçait dans la lumière des projecteurs et tant que j'évoluais sous leurs feux, le sentiment du danger s'allégeait, faisant place à l'ivresse du figurant gagné par le jeu. On devait répéter le clou d'une production mythologique. Là-haut, le second braillait ses exhortations comme le metteur en scène un peu débordé par ses machines et, dans les cintres, Borée en salopette soufflait à pleins tubes pour imiter le chœur des sirènes et la colère des cinquante filles de Nérée. Parfois le roulis m'envoyait dinguer dans la zone d'ombre, contre la paroi immergée, avec de l'eau jusqu'aux oreilles et devant moi le flot vertical et luisant. Puis, cherchant à nettoyer à tâtons les dalots engorgés par les bouchons de fumier, je mettais le pied sur une planche hérissée de clous et le roulis me renvoyait brutalement en scène sous la lumière grisante et tutélaire, tandis que la voix inouïe de mon ami Dulle gueulait ici comme un charretier de village et là comme un aurige d'Olympiades. Je crois que nous étions tous enivrés par ces rôles de palefreniers de Neptune et que nous apercevions aux flancs de nos chevaux le scintillement des écailles.

Le jour suivant, vers le milieu de l'après-midi, le temps calmit enfin et nous vîmes s'éclairer dans le ciel un pan d'azur qui déjà nous payait de nos peines. Nous n'avions perdu que trois chevaux. Enfin délivrés du cauchemar

plunged lurching and rolling into the night, carried away by its maddened team. Any minute Amphitrite might appear somewhere among the shrouds to rein in her procession's runaway quadriga, and we, like her eager tritons, battered and bowled over by the undercurrents, were busy in the cavalcade, hanging on to the heads of her unharnessed hippocamps.

Sometimes the searchlights on the bridge, being brought to bear on us, gave an artificial, imitation quality to the scene. Reality paled under the lights and whilst I was performing in their glare my sense of danger lessened, and instead I felt excited like a walker-on suddenly caught up in the play. We were running through the star turn of a mythological production. The mate was bellowing down encouragement like a director rather overwhelmed by his stage machinery, and in the flies Boreas with his overalls on was blowing his utmost to sound like a chorus of sirens and the anger of the fifty Nereids. Now and again the swell sent me flying into the shadows against the submerged side of the ship, with water up to my ears and the vertical, gleaming waves in front of me. Then, fumbling to clean out the scuppers that were choked up with lumps of horse-dung, I put my foot on a piece of wood full of nails and the swell sent me roughly back on stage under the protection and into the excitement of the lights, and my friend Dulle was bellowing, his voice sounding as I had never heard it sound before, now like a country waggoner, now like an Olympian charioteer. I think we were both carried away by our roles as groomsmen of Neptune and on the flanks of our horses we saw the glittering of scales.

Next day, towards the middle of the afternoon, the weather finally grew calm; a brightening patch of blue appeared in the sky and that was enough to compensate us for our labours. We had only lost three horses. The sur-

épique, les survivants attachés au bastingage séchaient au doux soleil leur poil mouillé de tempête et de peur. Ils me parurent vieillis. Fantômes de coursiers vidés à jamais de tout esprit chevaleresque. Ils avaient la tête basse, immobile, avec ce gros regard intérieur qu'on voyait jadis aux chevaux de fiacre en stationnement sur l'asphalte humide.

Mon ami Dulle avait regagné son coin, à l'arrière, et, modestement assis sur une bitte, avec le buste bien droit, il se livrait lui aussi aux caresses du soleil. Je lui offris une des cigarettes que le stewart nous avait distribuées. Jules Dulle était en bras de chemise et nu-tête. Etalé sur le panneau, son pardessus séchait, fumait, exhalant les ultimes traces de son passé intègre et le dernier fumet d'une estimable carrière. On n'osait dire encore à quel service il comptait se vouer, mais ce n'était déjà plus un paletot d'ingénieur diplômé.

— As-tu réfléchi, demanda mon ami Dulle, à ce que nous allons faire, au juste, aux Bermudes?

Sa voix ne laissait deviner aucune intention désagréable, elle avait même un accent très détaché qui me surprit et derrière lequel je pouvais craindre encore le dernier sursaut contre l'aventure, le dernier cri de sa conscience d'ingénieur distingué:

— Tu pourras commencer, dis-je prudemment, par faire valoir tes compétences et tes titres.

— Oui, bien sûr, répondit-il, évasif et d'un ton qui signifiait: c'est tout ce que tu as trouvé?... Puis, après un silence, il reprit:

— Ces chevaux bizarres à la destinée desquels nous nous sommes frauduleusement mais dûment attachés...

— Eh bien?

vivors, finally delivered from their epic nightmare, stood fastened to the rails, drying off their coats, that the storm and their terror had soaked, in the warm sunlight. They seemed aged to me – the ghosts of steeds, emptied for ever of all chivalrous spirit. They held their heads down, motionless, with that deep inward gaze that one used to see in cab-horses waiting on the wet asphalt.

My friend Dulle had gone back to his corner, aft, and sitting unassumingly on a bollard, his back straight, he too was letting the sun caress him. I offered him one of the cigarettes the steward had handed out to us. Jules Dulle was in his shirt sleeves, and bare-headed. His overcoat, stretched out on the hatch-cover, was drying, steaming, giving off the last traces of its honourable past, the last whiff of a respectable career. It couldn't be said as yet what new service the coat had in mind, but it had ceased to be the overcoat of a registered engineer.

'Have you been thinking,' my friend Dulle asked, 'what exactly we're going to do in Bermuda?'

There was no hint of any disagreeable purpose in his voice, indeed his tone was extremely detached, which surprised me, and I was still half afraid it might be concealing a last objection to the adventure, the last murmuring of his distinguished engineer's conscience.

'You can begin,' I said cautiously, 'by showing people your qualifications and certificates.'

'Yes, of course,' he replied, evasively and in a tone of voice that said: 'haven't you thought of anything better than that?' Then, after a moment's silence, he began again:

'These curious horses in whose fate we have dishonestly but quite conclusively involved ourselves . . .'

'Well?'

— Ces carnes hasardeuses pour qui nous avons dépensé un zèle illicite mais sincère ...

— Vas-y?

— Eh bien, dit-il en soufflant sa fumée du coin de la bouche avec autorité, eh bien, pour commencer, on pourrait essayer de les vendre?

'These parlous beasts, on whose account we have illicitly but none the less sincerely exerted ourselves . . .'

'Go on.'

'Well,' he said, authoritatively blowing out smoke from the corner of his mouth, 'well, for a start, we could try and sell them.'

# NOTES ON FRENCH TEXTS

### GREEN TOBACCO (*Sainte-Soline*)

1. *tourna*: the French has '*tourner*' because old-fashioned light switches in France often did turn.
2. *Ils seront féroces pour les catégories*: the tobacco industry in France is a government monopoly. Farmers' prices are established each year after inspection of the crop and according to its quality.
3. *chantier*: the English may seem rather far from the original here, but *chantier* (lit., work-site), a technical term, is being deliberately used here in a sense which is not strictly technical.

### THE ANTS (*Vian*)

1. *Il n'a pas eu de veine*: literally 'he was out of luck'. In French this would be uttered in the same breath as 'le pauvre vieux'; in English the sentiment is felt to be implicit in 'poor sod!'.
2. *Comme ça* at the end of a phrase is frequently a manner of speech that does not translate, as in *ça va comme ça*.
3. *moissonneuse-lieuse*: it seems likely that this machine's appearance is prompted by the verbal association with *foin* (lit., hay). Vian's surrealistic pictures are either of this kind, or else, as in the case of the fish which is taught to sit up and beg (end of section 12), spring from pure fantasy.
4. *D.C.A.*: Défense contre avions.
5. *Jada*: an old variety pop tune that became a dixieland standard.
6. *M.P.*: military police.
7. *parce qu'il me vient des fourmis*: Vian's punch-line gives a twist to the title of the story which English is regrettably unable to follow.

### THE DEAD MAN'S RETURN (*Ramuz*)

1. *Bise*: the cold north or north-east wind; *joran*: a north-west wind off the Mont Jorat, north of Lausanne (the story probably takes place a little to the east of the town).
2. *un citoyen*: this use of '*citoyen*' in the sense of '*type, individu*' often pejorative, is not restricted to French-speaking Switzerland.
3. Now and again in this story Ramuz moves easily between

the perfect and the present tenses, in order to give greater drama-
tic immediacy to the narrative. Perhaps the perfect cannot always
be carried over into English as it stands, so we have decided to
use the present in English in some cases where the perfect occurs
in French.

4. *La faible épaisseur d'eau qu'il y avait entre le mort et nous a été*: the
striking use of *nous* (*nous a été comme une vitre ...*) seems to
heighten this immediacy mentioned in note three, still further.

5. *vaudaire*: a south-west wind, taking its name from the Canton de
Vaud.

## A HOUSE IN THE PLACE DES FÊTES (*Grenier*)

1. *place des Fêtes*: above Belleville, in the Lilas district in the east of
Paris.

2. *économies de courant*: the story takes place in wartime Paris.

3. *avoué*: the nearest equivalent is a solicitor, but an *avoué* is concerned only with litigation and may not appear as an advocate
in court.

4. *pneumatique*: an express postal service that has long operated in
Paris, whereby letters are sent by pneumatic tube.

5. *assistant d'un grand avocat*: unlike in England, French barristers
may employ assistants (juniors) to whom they farm out work.

6. *avait réussi l'internat*: a difficult competitive examination for
medical students which gives successful candidates the much
sought after privilege of living in hospital while completing their
studies.

7. *toujours l'escalier roulant*: escalators are a rarity in the generally
shallow-running Paris Metro.

8. *petits*: here has the force of 'intimate, private' rather than 'small'.

## JIMMY (*Mallet-Joris*)

1. *manille, belote*: card games popular in France and dating from the
turn of the century. In *manille*, the ten (*manille*) and ace (*manillon*)
are the highest cards; while *belote* took its name from a certain
Belot who systematized a game already existing in Holland.

## THE UNKNOWN SAINT (*Cendrars*)

1. *Santiago-del-Chili*: this is a mistake and has been arrived at by
hispanizing *Le Chili*. In Spanish Chile carries no article.

2. *froufroutante*: (from *frou-frou*), lit., a rustling, swishing sound made by a woman's dress; it also suggests softness and femininity and movement. It is very much a word of the late nineteenth century.

3. *quechuas*: a group of Indian peoples dominant in the Inca Empire (now Peru, Bolivia, Ecuador and the northern parts of Chile and Argentina).

4. *hacienda*: the standard term for a large farm or estate in Spanish America.

5. *Légende dorée*: the Golden Legend was a famous collection of stories of the lives of saints compiled in the thirteenth century by Jacobus de Voragine, Archbishop of Genoa.

6. *Hou! hou!*: the French for 'hee-haw' is '*hi-han*'. '*Hou! hou!*' is both a booing, shooing and a disapproving sound; it is also the cry of the wolf in children's stories, the equivalent of 'aoooo!' *Loup-garou* is literally 'were-wolf'. There are several possibilities here, and some of them, including that of rhyme, are satisfied by 'hee-haw'.

7. *Château de Madrid*: an expensive restaurant in the Bois de Bologne.

## SABINE (*Mandiargues*)

1. .... *soutien-gorge* ... *culotte*: literally, bra and knickers, which seems the wrong register for Mandiargues' rather high-flown style.

2. *parvis*: an open space or square in front of the west doors of a church, where in the Middle Ages mystery plays were performed. The word evokes here the idea of sacred or magic ground.

3. *mis en code et en veilleuse*: *en code* means literally 'with dipped headlights', *en veilleuse* 'with sidelights on'.

4. *breneuse*: this is an archaic word derived from *bran* (or *bren*) which in pre-renaissance meridional dialect meant excrement. The primary meaning of *bran* in modern French is the coarser part of bran (Fr: *son*).

5. *hussards de la mort*: a Prussian regiment of the mid and late nineteenth century who wore a skull inserted in their fur or bear-skin hats. The Prussian First World War field-marshal of Scottish descent, von Mackensen (1849–1945), made his career in this regiment and is generally portrayed with this form of head-dress.

6. *l'avait eu regardé*: a clumsy sentence, perhaps intentionally so. The tense is clumsy, too (see Adolphe Thomas: *Dictionnaire des difficultés de la langue française*), but logical and fairly common in spoken French. It serves to indicate an event which took place before the main action described.

7. *calvaire*: lit., a wayside or, sometimes, calvary cross (in Britanny the whole scene of the crucifixion is often depicted). Here the juxtaposition of cross and crossroads would be awkward.

8. *petit bal*: evokes the *bal-musette* or *guinguette*, once so characteristic of Saturday or Sunday in France, particularly on the outskirts of Paris, where till recently dancing took place in certain local cafés or bars. *Petit* here conveys the notion of friendly, local, popular.

## TRAFFIC IN HORSES (*Perret*)

1. *Lycée Montaigne*: a well-known Parisian *lycée*.

2. *Progrès*: popular as a name for a business or hotel during the Third Republic (1870–1940), it has a frowsty ring now.

3. *de pli en pli*: 'prendre un pli', 'son pli', 'le pli' – all used in the first place to describe how a piece of clothing hangs; subsequently of a habit or mannerism which, once acquired, won't change.

4. *principes dans les entournures*: *entournures*: literally armholes. Cf. the expression '*gêné dans les entournures*', ill at ease.

5. *grandes écoles*: the highly-specialized, competitive-entry schools which train most of France's intellectual élite and are peculiar to her educational system. Most of them are located in Paris, e.g. École Normale Supérieure, École Polytechnique, École Nationale d'Administration. They are roughly equivalent to university colleges in England but the translation 'old-school' conveys something of the particular prestige they enjoy.

6. *foire d'empoigne*: a popular expression implying a free-for-all where you grab what you can. He bought it at the '*foire d'empoigne*' means that he stole it.

7. *à la Marly*: this refers to two well-known equine statues – the *chevaux de Marly* – by the elder Guillaume Couston (1677–1746) previously at Louis XIV's château Marly-le-Roi, now on the Place de la Concorde at either side of the entrance to the Champs-Élysées.

8. *Passage du Rhin*: Boileau's fourth *Épître* celebrating in heroic, epic style Louis XIV's crossing of the Rhine, 12 June 1672,

during the campaign against the Dutch. Cf. also the contemporary painting by Van der Meulen in the Louvre.

9. *bizuths*: (slang) a *bizut* or *bizuth* is strictly speaking a freshman at a *grande école* who is made to undergo various initiation rites (*bizutage*). Here it is applied to pupils in their first year of the upper school. Perhaps it is not necessary to include it in the translation here.

# FOR THE BEST IN PAPERBACKS LOOK FOR THE 🐧

## PENGUIN PARALLEL TEXTS

**French Short Stories 1/Nouvelles Françaises 1**
Edited by Pamela Lyon

The eight short stories in this collection, by Marcel Aymé, Alain Robbe-Grillet, Raymond Queneau and other French writers, have been selected for their literary merit and as representative of twentieth-century French writing. The English translations that are printed in a parallel text are literal rather than literary, and there are additional notes on the text.

This volume is intended primarily to help English-speaking students of French, but the stories also stand on their own and make excellent reading in either language.

Les huit nouvelles de ce recueil, de Marcel Aymé, Alain Robbe-Grillet, Raymond Queneau et d'autres auteurs français, ont été choisies non seulement pour leur mérite littéraire mais aussi parce qu'elles reflètent les tendances de la nouvelle française du vingtième siècle. Les traductions anglaises du texte parallèle ont visé l'exactitude plutôt que la valeur littéraire, et sont accompagnées de notes.

Ce livre a pour intention première d'être utile aux étudiants de la langue anglaise qui étudient le français mais, indépendamment de cela, les histoires ont un intérêt et une valeur qui permettent de les lire avec plaisir dans l'une ou l'autre langue.

*also published*

**German Short Stories 1/Deutsche Kurzgeschichten 1**
**German Short Stories 2/Deutsche Kurzgeschichten 2**
**Italian Short Stories 1/Racconti Italiani 1**
**Italian Short Stories 2/Racconti Italiani 2**
**Spanish Short Stories 1/Cuentos Hispánicos 1**
**Spanish Short Stories 2/Cuentos Hispánicos 2**